Friedrich Wilhelm Ernst Roth

Nassaus Kunden und Sagen aus dem Munde des Volkes, der Chronik und deutscher Dichter, zweiter Teil

Der Rheingau und der Rhein

Friedrich Wilhelm Ernst Roth

Nassaus Kunden und Sagen aus dem Munde des Volkes, der Chronik und deutscher Dichter, zweiter Teil

Der Rheingau und der Rhein

ISBN/EAN: 9783944349572

Auflage: 1

Erscheinungsjahr: 2013

Erscheinungsort: Bremen, Deutschland

Nassau's

Kunden und Sagen,

aus dem Munde

des Volkes, der Chronik und deutscher Dichter.

———

Gesammelt und kritisch beleuchtet

von

J. W. E. Roth.

———

Zweiter Theil:

Der Rheingau und der Rhein.

Wiesbaden.

Verlag von Chr. Limbarth.

1879.

Wohl bilden alle deutschen Gauen
Nur ein einz'ges weites Vaterland,
Sind als Blumen in dem Kranz zu schauen,
Zu dem sie die Eintracht wand.
Doch dir aller Blumen schönste Blume
In dem deutschen Länderband,
Dir vorerst zu stetem Ruhme,
Sei unser Kraft und Geist verwandt.

Inhaltsverzeichniß zum zweiten Theil.

Der Rheingau.

Land, von dem die Sagen melden,
Deren Lied so hoch man preist,
Daß ein Saum von lichtren Welten
Du, kein Theil der Erde, seist;
Daß man dich vom Himmel thauen
Sah, ein gottgeschenktes Reich,
Und des Paradieses Auen
Dir an Anmuth nimmer gleich!

Land, an dessen Lustgestaden,
Als du wieder ihm gelacht,
Der Gelübde und der Gnaden
Brömser selbst nicht mehr gedacht;
Wo in seligem Gewimmel
Gilgen Lorch so trunken saß,
Daß sein volles Herz den Himmel
Und der Seligkeit vergaß;

Land, von dessen Wonnefluren
Kaum das Lied wie Nachhall klingt
Und nur ferne leise Spuren
Deiner wahren Schönheit singt:
Wenn von dir die alte Kunde
Solchen Wunderruhm erhob,
Brauchst du denn von Sängers Munde
Auch nur eine Silbe Lob?

Alois Henninger.

1

Der Rhein und die Reben.

Hohe kecke Burgen blinken
Golden in der Sonne Schein,
Steil hinab die Wände sinken
Von zerborstenem Gestein.
Doch darunter und daneben
Lachen üppig grüne Reben,

Tief hinab in's Thal sie blicken,
Spiegelnd sich im grünen Rhein,
Beide trinken mit Entzücken
Ja denselben Sonnenschein,
Rebendüfte wallen nieder,
Rauschen tönt als Antwort wieder.

Was die frohen Kinder senden,
Das erfreut den alten Herrn,
Dafür will er Mährchen spenden,
Denn die Reben hören's gern.
Er erzählt mit leisem Rauschen
Und die Reben stehn und lauschen.

Wie vor vielen hundert Jahren
Einst Held Siegfried liebentbrannt,
Zu der Hofburg kam gefahren
Und sein süßes Liebchen fand.
Er erzählt's mit leisem Rauschen
Und die Reben stehn und lauschen.

Wie die starken Helden zogen
Fort zum Rachekampf mit Schall,
Schwerter klangen, Speere flogen —
Fern der Heimath sterben all.
Er erzählt's mit vollem Rauschen,
Bebend leis die Reben lauschen.

Wie die Saiten rauschend klagen
Zu dem süßen Minnesang,
Kündend heißes Liebesklagen
Oder heißen Liebesdank.
Er erzählts's mit leisem Rauschen
Und die Reben stehn und lauschen.

Wie schön Lurlei mit Gesängen
Lockend ruft vom schwarzen Riff;
Schiffer horcht den Zauberklängen —
Da versinken Mann und Schiff.
Alte Zauberklänge rauschen,
Und die Reben stehn und lauschen.

Alles was sie still belauschen,
Wahren sie in treuer Brust,
Bis sie selbst als Wellen rauschen,
Golden hell, des Zechers Lust;
Aber zaubrisch festgebunden
Sind im Wein die alten Kunden.

Daß der Zauber dann sich löse,
Klingt die vollen Römer an!
Welch' harmonisches Getöse!
Ha! gelöst vom Zauberbanne
Strömen Liebe, Kampf und Lieder,
Wie ihr trinkt, durch Brust und Glieder.

Was der alte Rhein verkündet,
Fühlt ihr's in der Rebe Blut?
Uns durchpulset und entzündet
Heldenkraft und Liebesglut.
Keiner sitze still, zu lauschen!
Laßt die lauten Lieder rauschen.

Fr. v. Gallet.

Die Rheingauer Glocken.

Wo's guten Wein im Rheingau giebt,
Läßt man den Mund nicht trocken.
Drum, wer ein schönes Tröpfchen liebt,
Beacht den Klang der Glocken!
Merk, ob du hörst den vollen Baß,
Ob dünn und schwach der Ton summ'!
Wo edle Sorten ruhn im Faß,
Da klingt es: Vinum bonum!

1*

Doch wo die Rebe schlecht gedeiht,
Muß man die Aepfel pressen;
Da wird gar klein die Seligkeit
Dem Zecher zugemessen.
Der Trank ist matt, das Geld ist rar,
Man spart an Glock und Klöppel.
Und von dem Thurm hört immerbar
Man Eins nur: Aeppelpäppel.

Mein Sohn, wo du h en Ton vernimmst,
Da kann dein Herz nicht lachen,
Da rath' ich, daß du weiter schwimmst
In dem bekränzten Nachen,
Doch wo das Baßgeläut erscholl,
Da kehre nicht, mein Sohn, um,
Da labe dich, der Andacht voll,
Und singe: Vinum bonum!

Emil Rittershaus.

Das räthselhafte Bittgesuch.

Auf der kleinen Dorfpfarrei,
Wenn auch nicht von Sorgen frei;
Die uns selten fliehn hienieden,
Saß ein Pfarrherr lang zufrieden,
Hoffend, daß ein besseres Loos
Berge seiner Zukunft Schoos.
Doch es währt der Zeiten Gang
Endlich ihm nun gar zu lang,
Und, bei seines Hoffens Demuth,
Füllt sein Herz zuletzt doch Wehmuth,
Wenn er, wo der Rheinstrom rauscht,
Rings der Glocken Klang belauscht.
Wonnemonat wieder schreibt
Bald man, seine Lage bleibt;
Und als jetzt in seiner Schöne
Des Geläutes Feiertöne
Ihn begrüßen, hoch und hehr,
Nein, da faßt er sich nicht mehr.
Aus ist es mit der Geduld,

Sieh! schon sitzt er an dem Pult
Und schreibt an das Domcapitel,
Nach vorausgeschicktem Titel,
Bauend auf den alten Spruch,
Kurz und gut, dies Bittgesuch:
„Meines Dorfes Glockenklang,
Den gehört ich schon so lang,
Will mein Ohr nicht mehr ertragen;
Darum muß geziemend wagen
Ich die Bitte, mich sofort
Wegzuthun von diesem Ort."
Keine Antwort kommt zurück;
Doch versucht er frisch sein Glück
Und erneut, denn Zehn von Elfen
Pflegt das öftre Flehn zu helfen,
Bauend auf den alten Spruch,
Ganz dasselbe Bittgesuch.
Doch umsonst, — und erst zuletzt,
Als er nochmals angesetzt,
Läßt ihn seines Bischofs Gnaden
Vor das Domcapitel laden,
Wähnend, in des Pfarrherrn Kopf
Trage Narrheit einen Zopf.
Er erscheint. — Mit einem Mund
Fragt gespannt man nach dem Grund
Seiner räthselhaften Klage.
Ruhig spricht er: Eurer Frage,
Gnäd'ger Herr, hochwürd'ge Herrn!
Stehe ich zur Rede gern.
Wenn ich so am Fenster steh
Und den Rheingau überseh,
Wo die Glocken stolz sich schwingen
Und dem Ohr melodisch klingen,
O, dann wirds mir alten Mann,
Daß ichs gar nicht sagen kann!
Feierlich ist dieser Klang;
Wie ein himmlischer Gesang,
Wechselt lieblich Ton mit Ton um:
„Bonum vinum, vinum bonum!"
Und das Echo stimmet ein
In das Hohelied vom Wein.
Doch wenn dann beginnt, der Wurm,

Unser Glöckchen auf dem Thurm
Athemlos sich zu bewegen,
Und sein Klang mir gellt entgegen,
O, dann kommt mir's immer vor,
Als zerspränge mir das Ohr!
Traurig, ach! ist der Gesang,
Den es bämpelt schon so lang,
Und ihn will in diesen Tagen
Mein Gehör nicht mehr ertragen;
Peinlich klingelt es darein:
Bämpelwein und Bämpelwein!" —
Ruhig also spricht der Mann,
Und das Domcapitel kann,
Ob der Drolligkeit des Alten,
Sich des Lachens nicht enthalten,
Wo bei seiner Rede Gang
Nach er ahmt den Glockenklang.
Auch den Bischof freut sein Witz,
Er erhebet sich vom Sitz.
Und spricht freundlich: „Zieh in Frieden!
Eine Pfarr wird dir beschieden,
Wo der Glocken Feierklang
Singet deinen Lieblingssang!"

A. Henninger.

Der Ritter vom Rhein.

„Ich weiß einen Helden von seltener Art,
So stark und so zart, so stark und so zart:
Das ist die Blume der Ritterschaft,
Das ist der erste an Milde und Kraft,
So weit auf des Vaterlands Gauen
Die Sterne vom Himmel schauen.

„Er kam zur Welt auf sonnigem Stein
Hoch über dem Rhein, hoch über dem Rhein;
Und wie er geboren, da jauchzt überall
Im Lande Trompeten und Paukenschall,
Da wehen von Burgen und Hügeln
Die Fahnen mit lustigen Flügeln.

„In goldener Rüstung geht der Gesell,
Der funkelt so hell, der funkelt so hell;
Und ob ihm auch Mancher zum Kampf sich gestellt,
Weiß Keinen, den er nicht endlich gefällt;
Es sanken Fürsten und Pfaffen
Vor seinen feurigen Waffen.

„Doch wo es ein Fest zu verherrlichen gilt,
Wie ist er so mild, wie ist er so mild:
Er naht und die Augen der Gäste erglühn,
Und der Sänger greift in die Harfe kühn,
Und selbst die Mädchen im Kreise
Sie küssen ihn heimlicher Weise.

„O komm, du Blume der Ritterschaft,
Voll Milde und Kraft, voll Milde und Kraft,
Tritt ein in unsern vertraulichen Rund,
Und wecke den träumenden Dichtermund,
Und führe uns beim Klange der Lieder
Die Freude vom Himmel hernieder.

E. Geibel.

Biebrich.

Ist dieses nicht das schöne Bieberich,
Von dem ich schon so viel gehöret?
Ja, ja, es ists; wie bin ich nicht beglückt,
Daß ich einmal den Wunderort erblickt,
Nach welchem mich bisher so hoch verlanget,
Den die Natur für andern zärtlich liebt,
Indem sie ihm das miteinander giebt,
Womit sie sonst zertheilt und einzeln pranget;
Es scheint, daß sie ihn nur erkiest,
Die Stärke ihres Reichs zu zeigen,
Und daß ihr fast nicht möglich ist,
An Schönheit höher aufzusteigen. —
So wunderschön ist dieses Schlosses Lage,
Daß ich annoch im Zweifel bin,
Was ich zuerst, was ich zum letzten sage.
Es fließt an dessen einer Seiten

Der Vater von den deutschen Flüssen,
Der breite Rheinstrom, nah dahin
Und sucht sich da so mächtig auszubreiten,
Daß man ob seiner Nachbarschaft
Und seiner Fluthen strengen Kraft
Sich oftmals für ihm fürchten müssen,
Daher man einen Damm von Stein
Erst kürzlich kostbar angeleget,
Für Bieberich ein Schutz zu sein,
Damit das Wasser nicht daran
So heftig und gewaltsam schläget,
Wie es bisher so oft gethan.
Die andre Hälfte ist hingegen
In einem schönen Lustrevier
Und langen Garten wohl gelegen. —

Man sieht zur recht und linken Hand
Zwey schattigte bepflanzte Lust=Alleen,
Die von des Schlosses Flügeln aus
Bis fast an das Orangen=Haus
In schnurgerader Ordnung gehen.
Hierauf erscheinen in der Mitten
In einem etwas tiefen Land
Die buntbesetzten Blumenstücken,
In zierliche Figuren abgeschnitten,
Die durch der Farben Unterscheid,
Vermischung, Licht und Dunkelheit
So Augen, als Gemüth erquicken.
Das Haus selbst, wo zur Winterszeit
Sich für des rauhen Nordwinds Stürmen
Die zärtlichen Gewächs beschirmen,
Ist lang, im halben Mondenrund,
Gleich einem Tempel bey den Alten,
Von Steinen prächtig aufgeführt,
Und an dem Giebel, wie am Grund,
Mit unterschiedlichen Gestalten
Von Säulenbildern ausgeziert.
Von innen ist die Decke werth,
Daß man nach ihr das Auge kehrt.
Drey Bilder sind allda in frischen Kalk gemahlt.
Der Phöbus fähret in der Mitten,
Bei dem der Morgenstern mit einer Fackel strahlt.

Die Pferde, die den Phaeton nicht litten,
Erscheinen auch allhier im Bild,
Unbändig, zaumlos, frech und wild,
Und wollen selbst in den gemahlten Zügen
Nicht laufen, sondern hurtig fliegen.
Die Nacht verkriecht sich für dem Licht,
Diana hält die Hand für ihr Gesicht;
Sie scheint sich für dem Glanz zu schämen
Und den gehörnten Mond von ihrem Haupt zu nehmen.
Nicht weit davon läßt sich
Auf einem schnellen Wagen
Die Ceres von zwey Drachen tragen.
Der König, der vor alter Zeit erfand,
Wie ein verwildert, steinigt Land
Durch Egg und Pflug so weit zu zwingen,
Daß es geschickt wird, Frucht zu bringen,
Sitzt hinter ihr, und bey ihm liegt
Das Handwerkszeug, womit man pflügt,
Womit man gräbet, hackt und hauet,
Wodurch man Felder glücklich bauet
Und ihren harten Troß besiegt.
Zuletzt erscheint der Gott der Höllen,
Der König jener Unterwelt,
Wie er die weiße Proserpine
In seinen schwarzen Armen hält.
Man siehet leicht aus ihrer Miene,
Daß ihr ein solcher Zwang gefällt,
Bemüht sie sich gleich zu verstellen:
In ihren Augen brennt zwar Glut,
Doch nicht des Eifers, nein, der Liebe,
Und in der Brust verbergne Triebe,
Daß sie es ungern gerne thut.
Daher geschieht auch nicht aus Hasse
Ihr Widerstand und Gegenwehr;
Sie sträubt und stämmet sich vielmehr,
Daß Pluto sie nur fester fasse
Und nicht von Armen fallen lasse.
Vier braune Hengste ziehn den Wagen,
Die Mähnen fliegen in die Luft,
Ja selbsten das Gemälde ruft,
Daß sie zur Höllen Abgrund jagen.
Wohl dem, der nicht mit ihnen fährt

Und dieses Wagens stets entbehrt!
Gleich hinter diesem Schutzgebäude
Sieht man ein künstlich Labyrinth,
Doch nicht zum Schrecken, mehr zur Freude,
Wo keine Minotauren sind.
Dem gegenüber ist ein Schauplatz fürgestellt,
Mit püschichtem und selbstgewachsnen Scenen,
Doch die der Scheere Schnitt in gleichen Wänden hält,
Damit sie sich nicht weiter dehnen.
Doch zwischen diesen beyden Stücken
Sind drei Alleen zu erblicken,
Die lang, gerade, wunderschön,
Und über eine lange Wiese
Bis zu dem Dorfe Moßbach gehn.
Zur linken Hand des Schlosses in dem Grund
Hat man den Garten zum Gemüße
Und Obste nützlich angelegt,
Der Küchenkräuter, die gesund
Und lieblich schmecken, reichlich trägt.
Gleich diesem Garten an der Seiten
Erblickt man eine weite Bahn,
Worauf man Pferde künstlich reiten
Und nach dem Schulrecht üben kan.
Und also kan auf allen Plätzen
Das Auge sich genug ergetzen.
Noch laß ich hier noch viel zurück;
So manch gebildet Taxusstück,
Womit der Garten ausgezieret,
Wird hier von mir nicht vorgeführet.
So will ich auch der fünf Fontainen,
Die immer springen, nicht erwähnen.
So manches Säulenbild laß ich auch itzt vorbey,
Dieweil es sich von selbst verstehet,
Auch wenn mans schweigend übergehet,
Daß solcher Schmuck vorhanden sey,
Und an dergleichen Zier und Pracht
In einem Garten wohl kein Mangel sey,
Den sich ein grosser Fürst zu seiner Lust gemacht.
Das Schloß selbst ist gerad und lang,
Und in zwey Flügel abgetheilet.
Aus jedem geht ein lang und breiter Gang,
Worauf man zu dem Mittelbau

Bey angenehmster Aussicht eilet;
Denn hier stellt sich der Rhein, der Garten dort zur Schau.
In diesen Gallerieen stehen
Die Abentheuer des Aeneen,
Und was Ulysses leiden müssen,
Eh er sein Ithaca erblickt,
In vier und dreyßig saubern Stücken
Mit frischen Farben ausgedrückt
Und noch dem Inhalt abgerissen,
Wie sie Homerus und Virgil
Durch ihren Pinsel oder Kiel
Mit Worten, als mit Farben, schmücken.
Der Mittelbau ist aber oben offen,
So daß ich fast die Aehnlichkeit
Vom Pantheon Agrippens angetroffen:
Er sieht auch in der That von innen her,
Als ob es so ein alter Tempel wär,
Den man dem Jupyter geweyht,
Als welcher, künstlich ausgeschnitzet,
Auf seinem Adler schwebend sitzet
Und in der einen Hand den gülbnen Zepter hält.
Gleich unter ihm herum, im rundgewölbten Bau,
Ist die gesammte Götterschaar,
Sehr wohlgemahlet, fürgestellt.
Man kennet jeden an dem Zeichen,
Minerven an dem Speer, die Juno an dem Pfau,
Die Ceres am Getrayd, Apollo an dem Pfeile,
Merkur am Schlangenstab, Alciden an der Keule;
Kurz, jeder stellt sich also dar,
Wie er nach heydnischen Gebräuchen
Vor diesen abgebildet war.
Bey diesen Göttern nun wird dem berühmten Sohn
Von dem Trojanischen Anchisen
Für seine Tugenden zum wohlverdienten Lohn
Ein Platz und Ehrensitz beständig angewiesen.
Acht Säulen sind umher zu schauen,
Aus buntem Marmor glatt gehauen,
Die diesen hohen Götterthron
Als unbewegte Stützen tragen.
Ihr Fußgestell ist mit Metall beschlagen:
Dabey sind sie so stark, daß sie der größte Mann
Mit beyden Armen nicht durchaus umspannen kan.

Sie stehn da in gerader Länge,
Und machen, soll ichs sagen, fast
Mit ihrer allzudicken Last
Den Raum des Tempels selbst zu enge.
Zwar der Altan, der in der Mitten breit
Um diese Pfeiler hergezogen
Und zierlich ein= und ausgebogen,
Ist nicht von gleicher Kostbarkeit;
Jedennoch gleichwohl nach dem Scheine
Aus schwarz und buntem Marmorsteine,
Weil man das Gipswerk so geziert,
Als wär es wirklich marmorirt.
Doch hat des wahren Marmors Pracht
Deßwegen hier noch nicht ein Ende;
Denn selbst auch an die kahlen Wände
Sind glatt und schmale Marmorsäulen
In schönster Ordnung festgemacht,
Die diesem Bau besondern Schmuck ertheilen.
Und doch ist die Vollkommenheit
Noch allenthalben nicht zu schauen;
Es ist noch vieles auszubauen,
Weil der Besitzer eh erbleicht,
Als er des Bauwerks End erreicht.
Doch unsers theuren Karls Bemühen
Wird, wie wir hoffen mit der Zeit
Das angefangne Werk vollziehen,
Weil es ja ewig Schade wär,
Wenn es unausgeführet bliebe.
Es fällt ihm solches auch nicht schwer;
Der Himmel hat ihm Lust und Liebe
Zu guter Ordnung eingeprägt,
Auch das Vermögen ihm verliehen,
Daß er die Kosten leichtlich trägt.
Gleich unter diesem Göttersaal
Kann man dem wahren Gott zu Ehren
Sein heilig Wort gepredigt hören.
Ach! wünsch ich mir wohl hundertmal,
Ach! sollte doch hier Mosheim lehren!
So wär die zierliche Capelle,
Wie schön sie ist, erst wirklich schön;
So würde diese kleine Stelle
An Würdigkeit und Vorzugsgaben

Die größten Kirchen übergehn,
Die wir in Rom, Paris und London haben.
Der wahre Schmuck und Werth der Tempel
Bestehet nicht in Gold, Juwelen und Porphyr;
Ein guter Prediger mit löblichem Exempel
Ist einzig ihre höchste Zier.
Allein die Decke der Kapelle
Ist wohlbedächtig in der Mitten
In der Rundung durchgeschnitten,
Daher man alles klar und helle
Darüber bei den Göttern hört,
Was man vom wahren Gott darunter lehrt.
So läßt sich Belial und Christus wohl verbinden,
Und so kann man das wahre Heil
Und der Erwählten bestes Theil
Selbst unter falschen Göttern finden.
Und also hätt' ich kurz und gut
Das ganze Bieberich beschrieben,
Wiewohl verschiednes auffen blieben,
Das aber eigentlich nicht viel zur Sache thut:
Wohin der Pferdestall gehört,
Der erst vor kurzem aufgeführet,
Gleich als ein fürstlich Schloß gezieret,
Und Biebrichs Schönheit stark vermehrt.¹)

(1735) Daniel, Wilhelm Triller.

Schierstein.

Zu Schierstein, wo lieblich die Trauben blühn,
Gehts wandern des Nachts durch die Reben;
Da rasselt's und prasselt's, daß Funken sprühn,
Und ängstlich, ob fruchtlos auch sonst und kühn,
Die Wächter der Berge erheben.

Ein Männchen im Harnisch, von Eisen schwer,
Durchirrt da die duftenden Huben,
Und hinter ihm knistert ein Flämmchen her,
Das machet dem Geiste so viel Beschwer,
Wie's Irrlicht dem fliehenden Buben.

Irmtrudchen, die Tochter des Fischers, war
Das lieblichste Mädchen im Gaue;
Drum bot ihm der Winzer sich Mancher dar
Und wünschte gar sehnlich, daß an dem Altar
Der Priester die Holde ihm traue.

Doch Keinen der blühenden Buben soll
Als Weibchen beglücken das Mädchen;
Ihr machte ein Junker das Herzchen so voll,
Ihr schwatzte das Köpfchen sein Mund so toll
Und spann ihr die goldigsten Fädchen,

Die trotzige Veste von Frauenstein
Gehörte dem Ritter zu Eigen;
Reich war er an Früchten und Wild und Wein,
Er nannte gar Viele der Hörigen sein:
Wer konnte so stattlich sich zeigen?

Und, wie oft die Herzen der Mädchen sind
Ein Rohr von dem weichsten Getriebe,
Das selber sich beuget dem schwächsten Wind;
So ward auch sein eigen das holde Kind
Im Bunde der seligsten Liebe.

Allnächtlich vom luftigen Frauenstein
Stieg liebend der Junker herunter.
Still war's in den Reben und ruhig der Rhein;
Das Mädchen nur, harrend am Strome sein,
Hielt wach noch die Aeuglein und munter.

Und sollt auch die liebende Maid ihn nicht
Ein flüchtiges Stündchen erwarten?
Er kam ja und übte die zärtliche Pflicht,
Zu wandeln mit ihr bei der Sterne Licht
In Friggas holdblühendem Garten!

Doch weh! auch die Herzen der Männer sind
Ein Rohr oft im Eden der Liebe:
Denn, wie sie bedachtlos gewählt und blind;
So wechselt die Leidenschaft flüchtig den Wind
Der wärmsten und heiligsten Triebe.

Sie wechselt und wandelt mit leichtem Sinn
Dann weiter, als schliefe die Rache;
Doch straflos nicht bleibt die Verbrecherin:
Denn wenn sie auch schlummert von Anbeginn,
Hält eine Vergeltung doch Wache.

Schöntrubchen, o daß es die Kunde sagt!
Die treulos der Jüngling verlassen,
Sah bald, ob des Schmerzes der Schande verzagt
Und hart von den Zungen der Welt verklagt,
Die Welle des Rheines erblassen.

Doch nächtlich, wenn Alles im Thale schwieg,
Da tauchte ihr Geist aus den Wogen;
Ein Flämmchen, das prasselnd dem Strom entstieg,
So kam es, zu künden gespenstigen Krieg,
Gen Frauensteins Felsen gezogen.

Der Junker indessen, er hauste lang
Noch dort auf der trotzigen Veste,
Und schreckt ihn oft auch am Bergeshang
Das prasselnde Flämmchen auf nächtlichem Gang;
Vergaß ers beim Rauschen der Feste.

Doch siehe! sein Stündlein auch kommt und schlägt,
Es schlägt ihm, von Grauen umflossen;
Und in dem Geschmeide der Rüstung trägt,
Wie sterbend er ihnen es eingeprägt,
Zur Gruft ihn die Schaar der Genossen.

Kaum aber umschloß ihn die Mitternacht
Allba mit den friedlichen Armen;
Da schwebte das Flämmchen in schauriger Pracht,
Zur Gruft, und es trieb, wie mit Geistermacht,
Zum Rheine ihn ohne Erbarmen.

Und rasselnd im Harnisch von Eisen schwer,
Durchschritt er die duftenden Huben,
Und hinter ihm glühte das Flämmchen her
Und machte dem Geiste so viel Beschwer,
Wies Irrlicht dem fliehenden Buben.

Lang trieb ihn so nächtlich des Flämmchens Schein
Dort noch durch die blühenden Reben.
Jetzt scheint er zur Ruhe gekommen zu sein;
Doch nennt uns ein Pfädchen gen Frauenstein
Das eiserne Männchen noch eben.

O möchte umsonst es die Sage nicht
Dir künden, o Jüngling und Mädchen!
Es wird ja, wo Blumen die Liebe sich bricht,
Aus Wegen, bestrahlet von goldenem Licht,
Gar oft auch ein eisernes Pfädchen!

Alois Henninger.

Die Frauensteiner Linde.

Stolz reckt dort in der Lüfte Reich
    Mit dichtem Laubgewinde
Fünf Arme, selber Stämmen gleich,
    Des Dorfes alte Linde,
Die unter Thränen ward gepflanzt,
Wo fröhlich jetzt die Jugend tanzt.

Die Sage hält in ihrer Hut
    Den Baum schon graue Zeiten;
Denn ob der Furcht, es möchte Blut
    Aus seinen Zweigen gleiten,
Wird, seit der Frühling ihn belaubt,
Kein Aestchen ihm, kein Blatt geraubt.

Schon dämmerte heran die Nacht,
    Die Berge zu umfangen,
Da kam in ritterlicher Tracht
    Ein Jüngling einst gegangen,
Ein zartes Mägdlein an dem Arm,
Vom Gehen müd und bleich vom Harm.

Scheu trat er in das Dorf und schien
    Zu fürchten alle Leute,
Und, wie noch nie, begann zu ziehn
    Ein Bangen fort ihn heute;

Doch ach! das Mägdlein kann nicht mehr
Und sehnet sich noch Labung sehr.

Zum Haus, das vor der Bergeswand
    Sich an die Veste lehnte,
Bracht er die theure Last und fand,
    Was sie so heiß ersehnte,
Und achtet nicht, wie scharf ihn maß
Ein Alter, der im Winkel saß.

Doch als der Wirth mit raschem Gang
    Auf dieses Finstren Mahnung
Ihm folgt, da wird dem Jüngling bang
    Und schreckt ihn trübe Ahnung.
Fort ziehts ihn; aber ach! vom Gehn
Hält ab ihn der Erschöpften Flehn.

Wohl wards ihm leichter um das Herz,
    Da jener kehret wieder
Und mit des Bechers goldnem Erz
    Labt ihre müden Glieder;
Doch bald, vom Graun neu angeweht,
Spricht er: „Vergelt dirs Gott!" und geht.

Kaum aber trat er vor die Schwell
    Und aus dem Gastesrechte,
Da legte Hand an Beide schnell
    Ein Hauf bewehrter Knechte
Und schleppte sie die steile Bahn
Zur alten Felsenburg hinan.

„Willkommen mir für diese Nacht,
    Du Räuber meiner Nichte!
Dein Brautbett, es ist schon gemacht,
    Bereit dein Gastgerichte!
Fort, fort mit ihm bis morgen noch
In des Verließes tiefstes Loch!"

So sprach der Burgherr voller Spott
    Und warf ihn in den Kerker.
Heiß rief der Jüngling da zu Gott,
    Die Maid im stillen Erker;

2

Doch ach! umsonst; es deuchte schier,
Als wohne längst kein Gott mehr hier.

Der junge Morgen schaute kaum
   Noch in die Thalschlucht nieder,
Da schloß dort an des Berges Saum
   Des Jünglings Aug die Lieder,
Wo blutigroth, des Mörders Lust,
Sein Leben quoll aus offner Brust.

Ein nahes Kloster nahm als Glied
   Die Maid in seine Mauern;
Doch, ehe von der Welt sie schied,
   Ließ sie mit stillem Trauern
Die Linde pflanzen, wo zurück,
Ach! blieb ihr ganzes Erdenglück.

Und seit sie grünt auf diesem Raum,
   Scheint ein geheimes Leben,
Das nicht ersterben kann, im Baum
   Zu walten und zu weben;
Es ist als ob, ein theures Gut,
Er wahre jenes Jünglings Blut.

Lang pflegten Lindaus Herrn das Recht
   Im Schatten seiner Wipfel;
Es hielt ihn heilig jed Geschlecht
   Vom Fuße bis zum Gipfel
Und noch steht in der Sage Hut
Er als entsproßt unschuldgem Blut. [2])

Alois Henninger.

Der Winzer von Grorod. [3])

1.

„Bring, Knappe! mir das Pilgerkleid
   Nebst Muschelhut und Stabe,
Damit mein Herz sein altes Leid
   Nicht mit sich nimmt zu Grabe!"

So spricht der Graf und ziehet dann,
  Die Sünden abzubüßen,
Hinaus, ein greiser Pilgersmann,
  Rothgottes zu begrüßen.

Ach! einem edlen, wackren Sohn,
  Des Stammes einzgem Sprossen,
Hat ja sein Wahn seit Jahren schon
  Das Vaterhaus geschlossen,
Weil er ein Weibchen, engelgut,
  Gekürt, und frei von Tadel,
Ein Weibchen, nicht aus edlem Blut,
  Doch reich an Seelenadel!

Verödet ist der Burg Bering
  Für ihn sammt aller Habe,
Seit jüngst mit seinem Weibe ging
  Sein letzter Trost zu Grabe,
Und düster schienen von der Wand
  Die Bilder seiner Ahnen
Ihn an des Schrittes Unverstand,
  Den er gethan, zu mahnen.

Zu spät erkennt er nun den Wahn,
  Der ihn vom Sohn geschieden,
Und bitter nagt der Reue Zahn
  An seines Alters Frieden.
„Wo magst du sein, verstoßner Sohn?
  O wüßt ich dich zu finden!
Ich suchte dich; mein schönster Lohn
  Wär es, nach allen Winden!

Doch bist du todt, und wars dein Geist
  Vielleicht, was ich belauschte,
Wenns seufzend bald, bald zornesdreist
  In meinen Waffen rauschte?"
So sprach er oft, und sprichts erneut,
  Da er auf rauhen Pfaden
Durch Wälder und durch Thäler heut
  Hinzieht zum Ort der Gnaden.

Wo freudig weht des Lebens Hauch,
  Sieht man vorbei ihn fliegen;

Die Stadt der heißen Quellen auch
   Läßt er zur Seite liegen
Und tritt beklemmt in's Dörfchen ein,
   Das er im Thal sieht prangen,
Und wo vom stolzen Frauenstein
   Die Humpen lustig klangen.

———

2.

Stolz recket in der Lüfte Reich
   Dort eine alte Linde
Fünf Arme, selber Stämmen gleich,
   Mit dichtem Laubgewinde
Und Greise, die an ihrem Fuß
   Ausruhn des Lebens Lasten,
Einladen ihn mit art'gem Gruß,
   Ein Bischen da zu rasten.

„Ein schöner Baum, den ihr da habt,
   Wohl einst dem Rechte heilig!" —
Beginnt er, und indeß er labt
   Das Aug an ihm, nimmt eilig,
Des Lobes froh, ein Greis das Wort
   Und kündet ihm die Kunde,
Wie sie noch lebt im Volke dort,
   Mit redsel'gem Munde.

Doch als der Graf den Schluß vernimmt,
   Des Jünglings Mißgeschicke,
Da seufzet tief er, und es schwimmt
   Ihm eine Zähr im Blicke.
„Behüte Gott euch!" spricht er dann,
   Um plötzlich aufzubrechen;
Und von dem räthselhaften Mann
   Noch lang die Greise sprechen.

Schmucklos liegt an des Weges Rand
   Der Ort der letzten Ruhe,
Die manches Herz, ach! nirgends fand,
   Als hier in schmaler Truhe,

Und einfach ragt dort in die Luft,
    Die Hoffnung aller Herzen:
Die da umschließt die stille Gruft,
    Das Bild des Manns der Schmerzen.

Ein ewig Lämpchen glimmt daran
    Als Sinnbild jenes Lichtes
Das er der Erde kund gethan,
    Der Sühner des Gerichtes.
Da wirft der Graf sich auf das Knie
    Und fleht aus tiefem Herzen:
„Ich suche Ruhe, gieb mir sie,
    O Herr, bei deinen Schmerzen!

Laß wiederfinden mich den Sohn,
    Denn das ist meine Ruhe!
Nicht lege fürder ich mehr von
    Den Füßen nun die Schuhe,
Bis ich ihn aufgefunden hab,
    Und, wenn er ausgeweinet,
Bis mich auf seinem stillen Grab
    Der Tod mit ihm vereinet!"

Kaum lenkt er seitwärts nun den Fuß,
    Da winkt am Mainesende
Der goldnen Stadt den letzten Gruß
    Der Abendsonne Blende,
Und, wie er ihre Zinnen schaut,
    Von Frieden mild umflossen,
Da war's, als ob auch ihm er traut
    Sich in das Herz gegossen.

3.

Am Bächlein, das am Bergesrand
    Hinabfließt nach dem Rheine,
Der, wie ein breites goldnes Band,
    Noch glänzt im Abendscheine,
Lenkt kaum gen Schierstein er den Fuß,
    Wo er gedenkt zu rasten,
Als seine Hand mit art'gem Gruß
    Zwei holde Kinder faßten.

„Gott segne euch, ihr Kleinen!" sprach
    Der Greis und setzt sich nieder.
„War heute gar ein heißer Tag
    Für meine alten Glieder!
Die Quelle da fließt frisch und blank
    Aus tiefer Felsenfuge:
Kommt, reicht mir einen kühlen Trank
    Aus eurem irdnen Kruge!"

„Der ist dem Vater, und nicht schlecht
    Wird dir aus ihm es munden;
Drin macht die Mutter ihm zurecht,
    Wenn in den Mittagstunden
Er auf dem Felde bleibt, den Wein,
    Den wir dann oft ihm bringen:
Siehst du ihn dort nicht am Gestein
    Den Karst noch eben schwingen?"

Das Mädchen spricht's und reicht den Krug
    Dem Pilger froh und heiter:
Der Graf thut einen kräft'gen Zug
    Und spricht, gelabt, dann weiter:
„So! das ist euer Vater, der,
    Wo man den Staub sieht qualmen,
Dort führt den Karst, als wolle er
    Die Felsen all zermalmen?"

„Ja!" sagt der Knab', „der Vater schwitzt
    Gar viel an heißen Tagen,
Bis dort einmal die Rebe sitzt,
    Und Wein die Berge tragen!
Auch muß die Mutter manchen Gang,
    Dahin mit Essen machen:
Doch kommt der Herbst dann über Lang,
    So können wir auch lachen!"

„Wo aber wohnt ihr?" frug der Greis
    Die lieben Kinder weiter,
Und beide sprachen gleicherweis
    Zum Pilgersmanne heiter:
„Dort unten, wo das weiße Haus
    Blickt aus den grünen Zweigen!

Doch komm mit uns und ruhe aus,
    Wir wollen dir's schon zeigen!

Die Mutter freut sich alle Mal,
    Der Vater, wie kein Andrer,
So oft bei uns dort in dem Thal
    Einkehrt ein müder Wandrer;
Auch pflegt die besten Speisen dann
    Sie immer zu bereiten:
Drum komme mit, du guter Mann,
    Wir werden dich geleiten!"

———————

4.

Dort wo man Grorods Hof nun schaut,
    Da sah die kleine Hütte,
Die sich der Winzer selbst gebaut,
    Aus grüner Bäume Mitte,
Und, was oft den Palästen nicht
    Der Fürsten ist beschieden,
Es goß aufs niedre Dach sein Licht
    Der schönste Stern, der Frieden.

Kaum trat, die Kinder an der Hand,
    Der Fremdling an die Pforte,
Als auf ihr Jauchzen vor ihm stand
    Die Mutter mit dem Worte:
„Seid würd'ger Pilger, uns gegrüßt
    Und tragt nicht weiter heute
Uns euren Segen, der versüßt
    Das Loos der armen Leute!"

Den Grafen, der ihr dankt gerührt,
    Nimmt freundlich dann, wie immer,
Die Gute bei der Hand und führt
    Ihn in das kleine Zimmer.
„Ihr habt da wackre Kinder, Weib!"
    Beginnt er „und den Knaben
Da möchte ich als Zeitvertreib
    In meinem Alter haben!"

„Ja!" spricht die Frau: „Die da ist zart,
    Aus meinem Blut entsprungen;
Allein des Vaters stolze Art,
    Die waltet in dem Jungen!
Oft steigt er auf die Höhn und baut
    Dort Burgen und macht Pläne,
Und ach! in meinem Blicke thaut
    Dann eine schwere Thräne!"

„Da gäbe es wohl Rath!" begann
    Der Greis. „Laßt michs euch sagen:
Ich könnte ihn zum Rittersmann
    Als meinen Erben schlagen!
Denn, ach! ein Sohn lebt mir nicht mehr,
    Zu führen einst mein Wappen,
Und meine Burg, sie stehet leer,
    Im Schutze meiner Knappen!"

„Ha!" fiel der Knabe ihm ins Wort:
    „Dich lieb ich, guten Alten!
Doch gehst du auch nicht wieder fort
    Und wirst dein Wort mir halten?
O Mutter, liebe Mutter! laß
    Mich lieber mit ihm wandern!
Es ist ihm Ernst, er macht nicht Spaß,
    Mich will er, keinen Andern!"

So ruft er voll von trunkner Lust,
    Und weiß sich kaum zu fassen;
Und als die Mutter an die Brust
    Ihn drückt: „Du uns verlassen?"
Da spricht voll Hast zu ihr der Knab:
    „Nein! ihr müßt mit mir gehen;
Denn herrlich ist's, vom Berg herab
    Ins niedre Thal zu sehen!"

5.

Des Jungen ritterlicher Sinn
    Freut sehr den alten Grafen;
Er sieht den künst'gen Helden in
    Der zarten Brust schon schlafen,

Und den gedenkt zu wecken er;
  Doch drängt mit einem Male
Die Frage ihm sich nah: „Ist der
  Geboren hier im Thale?"

„Arbeit und bete!" spricht darauf
  Die Mutter zu dem Greise,
„Das ist der beste Pilgerlauf,
  Die schönste Lebensweise!
Ist besser, als die Ritterschaft,
  Die ihr verheißt dem Knaben;
Süß ist es, an der eignen Kraft
  Erzeugtem sich zu laben!

Kennt auch der Ritter nicht die Last,
  Die oft die Armuth drücket,
So ist doch fremd ihm auch der Gast,
  Der segnend sie beglücket.
Drum mag nach seines Vaters Bild
  Der Knabe auch sich arten,
Und, wann gebaut er das Gefild,
  Auf Gottes Segen warten!

Dem Gatten, der sich mir verband,
  Schlug auch die Brust voll Kummer;
Doch, seit er diese Hütte fand,
  Ist ruhevoll sein Schlummer.
Um meinetwillen traf ihn nur
  Das Leid, das er getragen;
Die Arbeit zeigte ihm die Spur,
  Wo frohe Herzen schlagen!

Still trägt er jetzt des Tages Last,
  Gleich dem gebornen Bauern,
Und gönnt er sich nur kurze Rast,
  Und will ich ihn bedauern,
Wann oft der Schweiß ihm rinnt vom Leib;
  Dann streicht er mir die Wangen
Und spricht: „Ich bin ja glücklich, Weib!"
  Und hält mich heiß umfangen.

Nur manchmal scheint er noch zurück
  Ans Vaterhaus zu denken

Und sich in seiner Jugend Glück
  Erinnernd zu versenken.
Des Vaters denket er vielleicht,
  Der Mutter voll Verlangen,
Und eine helle Zähre schleicht
  Dann über seine Wangen.

Und ach! mir selber geht es jetzt,
  Da ich euch so betrachte,
Wie ihm; denn eine Zähre netzt
  Auch mir das Auge sachte.
So sieht vielleicht!" — da unterbricht
  Das Mädchen rasch die Mutter:
„Bald kommt er, mach das Nachtgericht,
  Ich bring dem Kühchen Futter!"

———————

6.

Kaum weiß den alten Pilgersmann
  Einsam die Schwermuth wieder,
So gießet neu sie ihren Bann
  Auf seine Seele nieder.
Tiefsinnig sitzt er da und denkt:
  „Wo wird mein Sohn heut schlafen?"
Und ach! der alte Kummer senkt
  Sich jung ins Herz des Grafen.

Doch aus dem trüben Sinnen weckt
  Ihn bald des Knaben Stimme,
Der einen alten Jagdspieß reckt,
  Wie, wann mit wildem Grimme
Ein Eber aus dem Dickicht rennt,
  Der Jäger, der die Kniffe
Des edlen Waidwerks lange kennt,
  Mit kunstgerechtem Griffe.

„Siehst du," beginnt er, „Pilgersmann!
  Wie ich es eben mache,
So spießt der Vater in dem Tann
  Den Eber und die Bache!
So hat er jüngst den Hirsch erlegt,
  Und so den Wolf erschlagen!" —

„Brav, Knabe!" spricht der Greis; „doch pflegt
   Dein Vater oft zu jagen?"

„Ja, wenn verzehret ist das Wild,
   So geht er wieder birschen
Und säubert rings das Saatgefild
   Von Ebern und von Hirschen,
Und all die Nachbarn, weit und breit,
   Hier unten und dort oben,
Hörst du alsdann aus Dankbarkeit
   Den tapfren Roder loben!"

So noch der Knabe, da betrat
   Des Winzers Fuß die Schwelle.
Das gute Weib, das, wie er naht,
   Ihm eilt entgegen schnelle,
Spricht, da es ihm am Herzen lag,
   Des Dankes Gluth zu stillen:
„Schon wiederum ein heißer Tag
   Um Weib und Kinder willen!"

„Ja!" sagt der Mann; „doch in der Hand
   Wird mir nicht schwer die Haue,
Wenn ich herab vom Bergesrand,
   An euch gedenkend, schaue!
Das Leben, einst mir eine Last,
   Macht mir die Arbeit süße,
Und sie die angenehme Rast,
   Wann euch ich wieder grüße!

Gott liebt den braven Arbeitsmann,
   Und diese Freude fühle
Ich so recht innig nie, als wann
   Mich labt des Abends Kühle.
„Dein Tagwerk ist wohl vollbracht!"
   Spricht's dann in meinem Innern,
Und aus des Tages Mühen lacht
   Mir freundlich das Erinnern!"

7.

„Der Vater, ach, der Vater!" rief,
    Und ließ den Jagdspeer liegen,
Der Knabe plötzlich da und lief,
    Sich an sein Knie zu schmiegen.
Kein „Guten Abend, Vater!" kann
    Heut in den Sinn ihm kommen:
„Drin," spricht er, „sitzt ein Pilgersmann,
    Den ich mit heim genommen!"

„Da thatst du Recht, mein lieber Sohn!
    Man muß die Müden laben,
Und wird dafür den schönsten Lohn
    Im Himmelreich einst haben!
Das Scherflein, das der Arme beut,
    Gilt dort als reiche Spende,
Wenn nicht dabei das Herz gereut,
    Was geben unsre Hände!

Doch liebes Weibchen! heißt das nicht
    Der Mühe Lohn erblicken,
Wenn man noch üben kann die Pflicht,
    Auch Wandrer zu erquicken?
So hol uns denn einmal ein Glas
    Heut aus dem besten Fasse!
Mich stimmt so froh, ich weiß nicht, was,
    Daß ich es gar nicht fasse!"

Der Vater sprachs, und stürmisch zog
    Ihn fort der heitre Bube,
Denn nur zu träg die Zeit verflog,
    Bis daß es ging zur Stube.
Heiß lag am Herzen ihm das Schloß,
    Als gings dahin schon munter,
Und in des Vaters Rede floß
    Davon manch Wörtchen unter.

„Seid, Fremdling! herzlich mir willkomm
    Hier unterm niedren Dache,
Das ich dem Pilger, gut und fromm
    Gar gerne gastlich mache!

Nehmt denn vorlieb mit einem Trunk
 Und einem schlichten Mahle,
Wie's Armuth bietet, wo kein Prunk,
 Doch Liebe füllt die Schale!"

So grüßt den Gast der Winzersmann
 Und setzt sich zu ihm nieder,
Als dieser, tiefgerührt, begann
 Zum edlen Wirthe wieder:
„Gott habe eurer Güte Dank!
 Bei einem solchen Manne
Muß doppelt munden auch der Trank,
 Aus einer irdnen Kanne.

8.

Ein Dunkel, wie herein es bricht,
 Wann fern der letzte Schimmer
Der Sonne noch erloschen nicht,
 Herrscht in dem kleinen Zimmer.
Da flehn die Kinder, die sein Knie
 Zum Sitze sich erwählen:
„O Väterchen, vergaßt noch nie,
 Uns etwas zu erzählen!"

„Ganz wohl!" spricht dieser; „aber heut
 Dürft ihr das nicht begehren;
Denn wißt, wenn uns ein Gast erfreut,
 Muß man nur ihn beehren! —
Doch warum liegt mein Jagdspieß dort
 Schon wieder in der Stube?
Dein Spielzeug wohl; so trag ihn fort
 Auch wieder, wilder Bube!"

„Ihr habt da, Winzer!" so begann
 Der Greis drauf, „einen Knaben,
Der eint zu einem Rittersmann
 In sich schon alle Gaben.
Auch hör ich euch, des Thals Gewinn,
 Als tücht'gen Jäger nennen,
Und so ein ritterlicher Sinn
 Fließt auch durch eure Seenen!"

„Ja, alte Liebe rostet nicht!"
  Erwidert ihm der Rober.
„Kommt mir der Jagdspeer zu Gesicht
  Und starrt von Rost und Moder;
Dann ists noch immer meine Lust,
  Die Waffe zu ergreifen,
Und in des Ebers tiefer Brust
  Sie blink und blank zu schleifen!

Einst, lieber Herr! — doch laßt nicht mehr
  Uns jener Zeit gedenken!
Bring, Weib, den Krug uns lieber her
  Und laß die Gläser schwenken!"
Der Winzer rufts, da stellt den Krug
  Die Frau schon vor den Sprecher,
Und das geschäft'ge Mädchen trug
  Heran die beiden Becher.

Die Wirthin füllt sie bis zum Rand
  Und spricht: „Wohl zu bekommen!"
„Das wird es, aus so schöner Hand
  Gegeben und genommen!"
Erwidert ihr der Greis und trinkt
  Des Saftes Wohlgerüche.
Der Knabe bleibt, dem Mädchen winkt
  Die Mutter in die Küche.

———

9.

Ein tiefer Zug, den die Natur
  Ins Menschenherz gegraben:
Das Mädchen folgt der Mutter Spur,
  Der Vater zieht den Knaben!
Gar freundlich winkt des Bechers Gold
  Dem ritterlichen Kleinen;
Er ist den rost'gen Waffen hold,
  Doch auch den goldnen Weinen.

Drum drängte lächelnd er so nah
  Sich jetzt dem Tisch der Zecher,

Und nach des Vaters Auge sah
   Er bald, bald nach dem Becher,
Bis dieser, der es längst verstand,
   Wornach der Knabe strebet,
Ihm gibt den Becher in die Hand
   Und zu dem Gast anhebet:

„Das wird einmal kein Winzersmann,
   So ruhig wie sein Vater;
Denn von der Wiege an schon rann
   In ihm die Feuerader,
Die er empfangen wohl als Erb
   Aus Großvaters Geblüthe:
Im Handeln rasch, von Sinnung derb,
   Doch reich an Herzensgüte!

O, würde er nur einmal, Kind
   Des besten Weibs! dich sehen,
Er zürnte dann nicht mehr so blind
   Und müßte in sich gehen!
Wie würdest du mit deinem Spiel
   Im Alter ihn erfreuen,
Säh er in dir, am Lebensziel,
   Sein Feuer sich erneuen!“ —

„Was sprecht ihr Winzer, da?“ so fragt
   Der Pilger rasch und spannend.
Der Sprecher ihm erwidernd sagt,
   Sich schnellen Flugs ermannend:
„Ihr wisset, frommer Wandersmann,
   Der Wein belebt die Zunge,
Und das gesprochne Wort gewann
   Mir ab der schlimme Junge!

Was da mir von den Lippen kam,
   Das sind vergangne Sachen;
Drum will ich mit dem alten Gram
   Nicht euch auch traurig machen!
Was einmal uns vorüber ist, —
   Wohl uns, daß es vorüber;
Erinnrung macht zu mancher Frist
   Die Seele nur noch trüber!“

10.

Der Winzer sprach's, der Pilger schweigt
 In dumpfem Rückerinnern;
Allein die alte Frage steigt
 Neu auf in seinem Innern.
Nur kurze Frist, und er begann
 Noch heftiger zu bitten:
„Wer bist du? — rede Winzersmann,
 Was du gekämpft, gelitten!"

„Laßt das!" spricht der, o laßt's geschehn,
 Es ist und sei verschwiegen!
Was kann euch im Vorübergehn
 An meinem Schicksal liegen?
Wenn auch nach manchem heißen Tag
 Neu blüht, seid unbekümmert!
Das Glück, das mir mit hartem Schlag
 Das Schicksal einst zertrümmert!"

Er spricht's; allein des Greises Flehn
 Wird heißer stets und heißer,
Und ferner nicht zu widerstehn
 Dem Dringenden mehr weiß er.
„So hört denn, Pilger! ich bin hier
 Als Winzer nicht geboren;
Ich opferte des Standes Zier
 Dem Weibe, mir erkoren!

Ein Mädchen lieb ich, engelgut
 Und frei von allem Tadel,
Ein Mädchen, nicht aus edlem Blut,
 Doch reich an Seelenadel!
Da stieß mich fort des Vaters Zorn,
 Und fern von seinem Herzen,
Quoll mir nun hier des Glückes Born
 Aus einem Meer von Schmerzen.

Auf eine bald'ge Wiederkehr
 Durft nimmer mehr ich zählen;
Drum mußt ich, statt der Ritterwehr,
 Die Roderhacke wählen:

Denn meine Blutsverwandtschaft war,
  Ihn zu beerben lüstern,
Bestrebt für mich noch immerdar,
  Sein Herz noch zu verdüstern!

Ob er hinieden nun noch weilt,
  Den hoch noch jetzt ich achte,
Ob er hinüber schon geeilt —
  Ich weiß es nicht, doch schmachte
Von ganzer Seele ich darnach,
  Noch einmal ihn zu sehen,
Von ihm für die gethane Schmach
  Verzeihung zu erflehen:

Denn, wie in mir des Lebens Müh'n
  Sein Bild nicht tilgen konnten,
Dran in der Hoffnung mildem Glühn
  Sich meine Blicke sonnten,
Und wie mit Sehnsuchtsschmerz und Lust:
  Mein Herz für ihn noch schläget:
So glaub ich, daß in seiner Brust
  Mein Bild auch er noch träget!"

11.

Da plötzlich springt der Greis in Hast
  Vom Sitze nach der Thüre,
Und in der Furcht, daß seinem Gast
  Was Schlimmes widerführe,
Eilt ihm der Winzer nach und spricht:
  „Was ist euch angekommen?
Ach! machet wohl gar mein Bericht
  Euch plötzlich so beklommen?"

Und auch der Knabe springt ihm nach
  Und hält ihn bei den Händen:
„Gefällt's dir, lieber Pilger! sag,
  Nicht mehr in unsern Wänden?"
Ein Ach um seine Burg entsteigt
  Ihm noch, dann starrt der Bube,

Der Greis bleibt stumm, der Winzer schweigt,
   Und lautlos wird die Stube. —

Da naht die Mutter mit dem Licht,
   Daß sie am Tisch nun walte,
Und, einen Blick ins Angesicht
   Des Winzers, ruft der Alte:
„Sohn! Gott! Ach!" und bewußtlos liegt
   Er in des Winzers Armen;
Bis, an das junge Herz geschmiegt,
   Das alte mußt erwarmen.

Die Kinder sah man auf den Knieen
   Die frommen Händchen falten,
Die Mutter, die wie starr erschien
   Des Greises Hände halten:
Doch als erwacht in seiner Brust
   Neu sind des Lebens Geister,
Da ward des Wiedersehens Lust
   Auch der Gefühle Meister.

„Verzeihung Vater!" fleht der Sohn;
   Doch jener spricht: „O schenke
Dem Vater sie — um Gottes Lohn,
   Verstoßner! und gedenke
Des Unrechts nicht, das ich gethan
   Dir in des Zornes Glühen,
Und rechne nicht dem Vater an
   So viele Schmach und Mühen!

Du bist, mein Sohn! von edler Art
   Und, wenn nicht ebenbürtig,
So ist dein Weib, so gut und zart,
   Doch gänzlich deiner würdig!
Auch rinnt kein unadlich Blut
   In beinen beiden Kindern.
Drum soll dich, meines Wappens Hut
   Zu führen, nichts verhindern!

Doch zier es nun der Pilgersmann
   Noch und die Roderhaue,
Damit hinfort erinnern kann
   Daburch sich jeder Graue,

Daß Arbeit nicht als Schande gilt,
  Die redlich Brod gewähret,
Und keiner mehr den Bauern schilt,
  Der doch den Adel nähret!"

A. Henninger.

Eltville.⁴)

Zu Eltvill' in dem Schlosse kehrt König Günther ein,
Nicht saß er stolz zu Rosse, sein Aug' hat trüben Schein;
Soll ihn denn so bedrücken das neuerworb'ne Reich,
Daß er schaut so finster, daß seine Wang so bleich?
Der König spricht gar traurig: „Ein Ahnen sagt mir klar,
Daß meinem Leibe drohet der Krankheit schwer Gefahr;
Durch meine Adern rollet das Blut so glühend heiß,
Doch meiner Stirne Tropfen noch kälter sind als Eis! ·
Drum holt mir bei den Freibank, er bereite mir den Saft,
Der mich gesunde und mir gebe die altgewohnte Kraft!" —
Der Heiltrank ist gelungen von Freibanks kund'ger Hand,
Mit dem Pokal von Golde er vor dem König stand.
„So trink denn an den Becher;" der König sprachs im Scherz,
Für treu galt stets der Freibank, nicht Tücke barg sein Herz.
Der leeret halb den Becher, den Rest der König nahm,
Ha! wie da neues Leben in dessen Adern kam!
Und gab den Pokal mit Danke in Freibanks Hand zurück,
Doch der war bleich geworden und schaurig starrt sein Blick!
„Verrath, Verrath, o König, Verrath an dir und mir,
Der Trank, er ist vergiftet, ich fühls am Brennen hier;
Mein falscher Diener wußte, wo das Gift mir stand,
Er, der heute heimlich aus meinem Haus verschwand!"
Drauf sank er hin zur Erde mit treu ergebnem Sinn;
Der König nahm sein balb'ges Ende recht wie ein Held dahin.
Gar bald ist er entschlafen und ward mit hehrer Pracht
Im Kaiserdom zu Frankfurt gesenkt in Grabes Nacht.

E. Roth.

Eltville (Rumpelskeller).

Wer jagt auf schwarzem Roß zu Thal?
Er führt so scharfen blanken Stahl;
Wie nickt die Feder stolz vom Hut!
Wie ist das Schwert so roth von Blut!

Der Ritter schlug gar guten Hieb,
Im Blute liegt sein schönes Lieb,
Sie liegt im Blute kalt und todt,
Drum ist des Ritters Schwert so roth.

Ist aber ein schlimmer Zeitvertreib,
Zu tödten ein schwach, ein wehrlos Weib!
Was hat dir dann, du harter Mann,
Die liebe, süße Maid gethan?

„Ich hatt' sie lieb, ich war ihr gut,
Ich hätt' ihr geben mein eigen Blut,
Sie gab sich einem Andern hin,
Deß hat sie nun so argen Gewinn.

Er sprach's, es überlief ihn kalt,
An einem Dörflein macht er Halt;
Er barg das Schwert an heil'gem Ort
Und spornt den Rappen und ritt fort.

Ritt manchen Tag und manche Nacht,
Er hat des Weges keine Acht, —
Das Auge starr, das Herze kalt,
So reit't er heute noch durch den Wald. —

Die Rauenthaler am 17. Juli 1709.[5]

Rauh wehten von den Bergen die Winde einst in's Thal,
Wo golden jetzt die Rebe erblüht am Eichenpfahl,
Und Rauenthal benannte das Dorf der Winzer Mund,
Die dort zuerst gerodet des rauhen Bodens Grund.
Heut hieße es ein Jeder, dem jemals sein Pokal
Sein Feuerwein gefüllet, weit eher Mildenthal:

Allein was liegt am Namen? Wer zählt es einen Pfiff,
Wenn nicht dem schönen Wort entspricht auch der Begriff?
Gar mancher heißt ein Edler, der edel nie gedacht,
Indeß dazu den Niedern des Sinnes Abel macht,
Und mancher nennt sich Deutscher, der, voll von Vorurtheil,
Ein Herz im Leibe träget, für alles Fremde feil!
Nicht so der stolze Rheingau, wo stets der deutsche Wein
Erzeugte in den Abern ein edles Glühendsein,
Bald, wann das Land der Heimath ein fremder Feind durchschritt,
Und bald, wann es von Innen an Druck und Unrecht litt;
Nicht so besonders heute das wackre Rauenthal,
Wie jüngst man mir's gekündet beim perlenden Pokal!
Das war ein edles Schlagen, werth, daß dabei man säumt
Und überm Rauenthaler davon der Sänger träumt!
Horch wie die Glocken tönen vom hohen Kirchenthurm:
Das ist kein Betgeläute, nein! das bedeutet Sturm!
Und rasch von Haus zu Hause durchläuft den ganzen Ort
Die Kunde, und es geht von Ohr zu Ohr ihr Wort:
„Es haben die Franzosen früh heut im Schlangenbad
Die Gäste überrumpelt, und nahn den Waldespfad
Dort schon mit ihrem Raube, den sie gesonnen sind
Jenseits de Rheins zu flüchten mit nächstem besten Wind!
Es ist der deutsche Meister gefesselt da zu schaun,
Prinz Mecklenburg, Graf Braunfels und andre Herrn und Fraun;
Geld, Kleider und Gefäße und sonstige Werthei
Ward ihres Frevels Beute, der selbst von Blut nicht frei:
Todt liegt des Fürsten Marschalk, der Herr von Westernach,
Sein Mundschenk, dem, ihn schirmend, das Herz im Kampfe brach!" —
Und um dieselbe Stunde, wo, daß sein Tagwerk frommt,
Sonst mit dem Buch der Winzer zur frühen Messe kommt,
Erscheint er heut mit Büchsen und mancherlei Gewehr
Und drängt sich kampfbegierig um seinen Schulzen her,
Der rasch aus seiner Wohnung zum Lindenplatze schritt
Und in des Volkes Mitte mit dieser Rede tritt:
„Es kam soeben, Bürger! ein Mann zu mir in's Haus,
Der sah, wie ein Bedienter des deutschen Meisters aus;
Er hielt auf seinem Arme ein kurzes Feuerrohr
Und frug, ob hier im Flecken ich wäre der Major.
Ich gab ihm drauf zur Antwort, was sein Begehren sei,
Und er versetzt dagegen mit Worten keck und frei:
„Ich bin Franzos und führe die Schaar der Krieger an,
Die heut im Schlangenbade den Prinzenfang gethan!

Das komm ich, euch zu künden, daß ihr, davon belehrt,
Uns etwa dieses Ortes den Durchzug nicht verwehrt!"
Ich hieß ihn stille halten und sagt ihm ohne Hehl,
Daß ich von meinem Amtmann erwarte schon Befehl,
Wie ich mich zu verhalten; doch er entgegnet drauf:
„Mein König nur gebeut uns, ihr haltet uns nicht auf;
Ihm ist dies Land tributbar, und darum ziehn wir frei
Und haben nichts zu fragen nach eurer Polizei!"
So stehn die Sachen, Bürger! Nun höret meinen Rath:
Ich fürchte hier Gefehrde von einer raschen That;
Der Churfürst ist geworden Frankreichs Tributvasall;
Drum waget keinen Angriff, doch folgt von Ferne all
Den Räubern nach dem Rheine, wo das vereinte Land,
Die Fürsten zu befreien, anlegen kann die Hand!"
Der Schulze sprachs, doch halten nicht ließ sich die Gemeind,
Und, seiner Ferse folgend, auffordert sie den Feind,
Die Beute loszugeben, wo nicht, so käm kein Bein
Von ihnen unverletzet hinunter mehr zum Rhein.
Bei Kiederich im Thale, wo an der Viehtriftshohl
Das Kreuz aufragt, da sproßte bald der Gefangnen Wohl.
Dumpf stürmten noch die Glocken rings auf den Dörfern all,
Als läutete den Kampfmarsch ihr feierlicher Schall;
Da gings an das Scharmützeln, und während Ost und West,
Als gält es zu begehen ein großes Winzerfest,
Das Volk heran sieht stürmen, hat Rauenthals Gemeind
Bereits des Kampfes Hitze bestanden mit dem Feind.
So kehre denn, du Menge, so kehre nur zurück;
Doch nein! o komm und theile der wackren Sieger Glück!
Sank mancher auch von ihnen verblutend in den Staub,
Frei sind doch die Gefangnen, gerettet ist der Raub!
Weint nicht ob der Gefallnen, die deutsche Seele stirbt
Ja gerne, wenn ihren Fürsten nur Heil ihr Tod erwirbt.
Weint nicht, ihr träuft die Hoffnung ins Herz den süßen Mohn,
Daß ihren Kindern komme vielleicht zu gut ein Lohn!
Eilt lieber, hascht die Räuber jetzt noch, die durch die Flucht
In Sicherheit das Leben zu bringen sich gesucht! —
Auch das ist bald geschehen; kaum Einer kommt davon!
Sieh nur, man führt nach Mainz sie, wie im Triumphe schon!
Froh kommt den wackren Siegern mit gnäd'gem Angesicht
Der Churfürst dort entgegen, belobt sie hoch und spricht,
Daß er gedenken wolle der Treue unverweilt,
Mit welcher sie den Fürsten zu Hülfe heut geeilt.

Und weil zu dem Bewußtsein der edelmüth'gen That
Im Herzen sich der Winzer sein Lob gesellte, trat
Ein jeder doppelt freudig den Weg zur Heimath an
Und nährte in der Seele gar manchen Hoffnungsplan.
Ob je sie sich erfüllet, das sagt die Kunde nicht,
Und auch der Chronikschreiber, der noch von Hoffnung spricht,
Starb, während sie ihm träufte ins Herz den süßen Mohn,
Daß seinen Kindern komme vielleicht zu gut ein Lohn.
Doch murrte man noch manchmal, wenn man beim Weine saß,
Vergeblich, daß der Churfürst so ganz sein Wort vergaß,
Bis endlich Herz und Hoffnung vereint das Grab umfing,
Als jene Priesterherrschaft in Mainz zur Neige ging,
Und nur ein kleines Stübchen erinnert allenfalls
Noch heute an jenes Grolles, das Stübchen des Crawalls,
Im Gasthof, wo im Schilde jetzt Nassaus Name prangt,
Und wo man friedlich heute ein Schöppchen sich verlangt!

Alois Henninger.

Der Scharfenstein.

Im Scharfenstein gen Mitternacht erwacht ein heimlich Leben,
Wie Hufschlag und wie Schwerterklang, hörst du's tief drinnen beben;
Das rauscht so dumpf und tönt so schwer und rüttelt an den Pforten,
Bis daß der Berg sich stöhnend hebt und aufthut aller Orten.
Dann stürzen aus den Klüften flugs viel wimmelnde Gesellen,
Die sich bei bleichem Mondenlicht in lange Reihen stellen.
Die Tuba klingt, es blitzt der Helm, die Mäntel wehn im Winde,
Und um den Feldherrn sammelt sich das stille Heer geschwinde.
Fort brausen sie ins bange Thal, daß helle Funken springen,
Sie tummeln sich, sie hetzen sich, wie auf des Sturmes Schwingen:
„Ins Vaterland, gen Süden hin, die Stunde hat geschlagen!
Und wenns uns heute nicht gelingt, so woll'n wirs nimmer wagen."
Der Scharfenstein, der weiß die Mähr aus alten Römertagen
Da ward an seinem grünen Fuß die beste Schlacht geschlagen!
Da mußt die Erde purpurroth gar viel des Blutes trinken
Und Romas Adler sieggewohnt in deutschem Staube sinken.
Barbaren hier, Barbaren dort, wie Pilze aufgeschossen,
Vom Feind und Felsen rings umher die Römer eingeschlossen;
Hei, flogen ihre Hiebe nicht, und stürzten nicht die Glieder,

Wie Aehren in dem Waizenfeld, mäht sie die Sense nieder!
Da warf sich in der höchsten Noth mit flehender Geberde
Der Imperator stolz zu Roß hernieder an die Erde:
„So rette du, du bester Gott, du größter, uns von Schande,
Berg, nimm uns auf, ein freies Grab, in dem Barbarenlande!"
Und horch! zur Rechten donnerts laut. Es blitzt aus Jovis Brauen,
Es spaltet sich im Nu der Berg, entsetzlich anzuschauen;
Verschlungen ist so Freund, wie Feind, in dunklen Felsenrissen
Und drüber sieht man starr und stumm den Scharfenstein sich schließen.
Doch unten gegen Mitternacht erwacht ein heimlich Leben,
Dann müssen aus geborstner Gruft die Römer sich erheben.
Die ziehn und ziehn gen Süden hin, ein Heer von bleichen Leichen,
Und ziehn und können nimmermehr ihr Heimathland erreichen.
Zur zwölften Stunde kehren sie in Hast von allen Orten
Zurück zum alten Scharfenstein und rütteln an den Pforten,
Der öffnet sich, wie dazumal, mit Tosen und mit Flammen,
Und thut sich ob dem letzten Mann ganz todtenstill zusammen.

Franz Dingelstedt.

Der Graf von Scharfenstein. [6])

Wie stolz die Mauern ragen der Veste Scharfenstein!
Sie schloß seit zwanzig Tagen der Kaiser Rudolf ein.
Ein Schreckbild aufzustellen, will er den frechen Grafen
Und seine Raubgesellen an Gut und Leben strafen.
Er führt sein Heer zum Sturme, doch lächelt ihm kein Glück;
Es flieht von Wall und Thurme nach heißem Kampf zurück.
Der Graf und die Genossen han sich die Hand gegeben,
In Treue festgeschlossen, zu stehn auf Tod und Leben.
Beim Hinblick auf die Todten faßt Rudolph einen Plan;
Er sendet einen Boten zum Herrn der Burg hinan:
„Gern schenk ich dir das Leben, will hoch im Reich dich stellen,
Sobald du übergeben mir deine Raubgesellen."
Der Graf in Zornesgluthen erwidert kurz und derb:
„Nein mir das anzurathen, ach, das ist allzu herb!
Ein Mann, ein Wort! dem Spruche folg ich bei meinen Thaten;
Nie werd ich, mir zum Fluche, der Freunde Schaar verrathen."
Er wendet von dem Boten sich festentschlossen ab;
Der, als ob Teufel drohten, läuft aus der Burg hinab.

Des Scharfensteiners Worte verkündigt er dem Kaiser:
„So stürm ich Wall und Pforte" zürnt Rudolph, „nur noch heißer!
So laß ich auch den Grafen, den Raubgesellen gleich,
Auf dem Schaffot bestrafen! — Doch was stimmt mich so weich?
Sein Spruch hat mich umwoben, muß Allen drob verzeihen;
Doch soll er mir geloben, sich meinem Dienst zu weihen."
Ein Bote naht im Jagen sich drauf der Veste Thor;
Das, was ihm aufgetragen, erfreut des Grafen Ohr.
Auch seine Raubgenossen sind froh ob solcher Gnade;
Sie folgen auf den Rossen ihm in das Thal die Pfade.
Der Kaiser im Gefilde, allwo er harrend stand,
Begrüßt den Zug mit Milde und nimmt des Grafen Hand.
„Ein Wort, ein Mann! Ich diene dir treu zu allen Stunden!"
Spricht der mit biedrer Miene, und ward stets treu befunden.

Adolph Bube.

Eberbach.

I.

Am Rebenberg aus dunklem Hain
    Lauscht spitz dein Thurm hervor!
Es zieht um dich den gelben Schein
    Der Ferne luft'ger Flor.

In deines Klosters Keller sprüht
    Der Wein im kühlen Faß;
Des Mönches Schmerzen[7]) sind verglüht,
    Im Grab des Neides Haß.

Noch sieht man seiner Nägel Wuth
    Am Holz der Kerkerwand;
Nun zeugt der Wein uns Lebensgluth,
    Wo ihm das Leben schwand.

Bernhard Werner.

II.

St. Bernhards[8]) Lippe schweigt, zurück zieht sich der Lehrer,
Dem von dem Munde das Wort, wie süßer Honig, floß,

Und als des Rheingaus Volk, durch ihn entflammt, mit hehrer
Begeistrung an's Panier des Kreuzes an sich schloß;
Saß einsam er im Wald dort auf bemoostem Stein,
Wo Hattenheims Gefild sich spiegelt in dem Rhein.

Gern zog der seltne Mann in solche stillen Thäler,
Wann seiner Sendung Pflicht und Eifer ihn nicht rief;
Und manche Klöster sind nach seiner Neigung Mäler,
Die er gegründet da, wo alles Leben schlief,
Wo aus den Blättern traut der Gottheit Stimme sprach,
Und seines Geistes Schaun kein Weltlaut unterbrach.

So zog's auch heute ihn zum Wald, und müde nieder
Sank er auf jenen Fels, wo mild die Eiche kühlt;
Ein süßer Schlummer labt ihm bald die matten Glieder
Und Seligkeit den Geist, die oft er vorgefühlt;
Maria mit dem Kind umschwebte ihn und goß
Den Himmel in sein Herz, das trunken überfloß.

Kaum schlägt er auf das Aug, gestärket und gelabet,
Und denket dem Beruf, dem hohen, wieder nach;
Da rauscht es in dem Wald, und sieh! ein Eber trabet
Gerade auf ihn zu, als bei sich selbst er sprach:
„Wo blüht wohl jetzt für mich so günstig das Geschick,
Daß eines Klosters Bau erfreuet meinen Blick?

Der heil'ge Mann, gewohnt, daß oft, wie ihn zu grüßen,
Das Wild ihm nahe kam, bleibt sitzen ohne Bang,
Und ruhig streckt sich auch die Bestie ihm zu Füßen,
Bis er vom Sitze sich erhob zum Weitergang.
Doch da umkreist sie ihn und zeigt des Klosters Plan
Im Riß das Thal entlang ihm mit dem Rüssel an.

Viel Herrliches geschah dort bald durch Bernhards Söhne,
Europa war vom Ruhm des neuen Klosters voll
Denn nächst dem frommen Sinn, als Stern der ersten Schöne,
Fand auch die Wissenschaft bei ihm den reichsten Zoll,
Und weit, wo Saaten blühn und goldne Trauben glühn,
Verdankt der Landwirth viel der Wackeren Bemühen.

Ein klarer Waldbach fließt in diesem stillen Grunde,
Wo Eberbach sich jung und blühend rasch erhob,

Und heutzutage noch gibt uns sein Name Kunde
Des Ursprungs, und es singt die Sage laut sein Lob,
Obgleich auch dort die Zeit, die stets zu ändern weiß,
Jetzt anderweits geschafft sich ein Wirkungskreis.

Alois Henninger.

Das große Faß zu Eberbach.⁹⁾

Du großes Faß von Eberbach, was sing ich denn von dir?
Nichts ließ der Zeiten Ungemach von dir ja übrig mir!
Doch still! die Rebe blüht noch jetzt, die seinen Bauch gefüllt;
Drum nur ein Glas mir vorgesetzt, das Kunden mir enthüllt!
Schilt denn, o Freund! den Mönchen nicht, der bei der Wissenschaft
Es hielt für seine erste Pflicht, zu pflanzen diesen Saft!
Er war's, veracht ihn nicht! Mit Neid betrachte ich sein Loos,
Der, drückte ihn der Zelle Leid, floh in des Kellers Schoos,
Der, dacht an Liebe er mit Schmerz, aufschlug des Fasses Spund
Und aus des Bechers goldnem Erz die Wunden trank gesund!
Doch nein! Das ist ein eitler Wahn, der heut uns Nektar beut,
Und beim Erwachen auf die Bahn uns neue Dorne streut!
Wohl dem, der nicht auf dieser Spur des Lebens Zeit verlenzt,
Und wenn ihm auch das Liebchen nur ein Wasserglas kredenzt!
Schilt mir, o Freund! den Winzer nicht, der bei dem edlen Wein
Es hielt für seine erste Pflicht, ein freier Mann zu sein!
Er war's, veracht ihn mir nicht blind, der einst bei diesem Faß
Die Freiheit, jenes Götterkind, getränkt mit goldnem Naß!
Er war's, veracht ihn nicht! Mit Neid betrachte ich sein Loos,
Der Quell und Herzenleid begrub in seinem Schoos;
Der, ob auch nur in kurzem Traum, so lang der Krahnen lief,
Dort unter ihrem goldnen Baum in ihren Armen schlief!
Doch nein! es war ein böser Strauch der Pathe jenes Orts,
Wo nachgetönt des Echo's Hauch die Klänge ihres Worts!
Wie mancher lag sich, weinberauscht, auf seinen Stacheln wund,
Wohl dem, der damals nicht gelauscht, auf ihren holden Mund!
Drum schilt, o Freund! den Sänger nicht, der bei dem edlen Wein
Es hält für seine erste Pflicht, ein stummer Mann zu sein!
Er ist's, verachte ihn nicht blind, der heut bei seinem Glas
Als klügste Rolle spielt ein Kind, das lallt und weiß nicht, was?

Er ist's, veracht ihn nicht! Mit Neid betrachte ich sein Loos,
Der still bei allem Herzenleid die Hände legt in Schoos,
Der, so der Gott, der in ihm wacht, ihn zu gewaltig drängt,
Ein Liebes= oder Loblied macht, und — Orden dann empfängt.

Alois Henninger.

Der Wachholder bei Eberbach.[10])

„Als ich auf dem Wachholder saß,
Da trank man aus dem großen Faß
Wie bekam uns das?
Wie dem Hund das Gras:
Der Teufel gesegnet uns das!"

Altes Volkslied.

Die hl. Kümmerniß (Wilgefortis) zu Hattenheim.

Wenn fröhlich du hinwallest die Straß' am grünen Rhein
Und kommest in den Flecken, genennet Hattenheim,
Im Kirchlein du erschauest ein Bild gar sondrer Art:
Der Heiland an dem Kreuze, mit Frauenkleid und Bart.
Doch gern will ich dir thun des Bildes Ursprung kund,
Denn auch bei Heiligenbildern hat Alles seinen Grund.
Wilgefortis, eine Jungfrau erblüht' in Portugal
Ihre Schönheit hatt' gelocket der Freier reiche Zahl;
Doch sie verschmäht sie alle, wollt gehören Gott allein,
Nicht konnte sie verblenden der Erde falscher Schein. —
Einst wurde sie verfolgt vom Freier, wuthentbrannt,
Im Kümmerniß an Christus, den Herren, sie sich wandt,
Zu erretten sie von Schande; und Gott hat sie erhört,
Im Antlitz wuchs der Bart, der Verfolger ward bethört.
Drum ist das Bild bebartet, auch fehlet ihm ein Schuh';
Eine Sag' ist's, die bewähret, daß Unschuld Wunder thu![11])

F. W. E. Roth.

Das große Faß zu Hattenheim. (1876).

Ein Kindlein soll ich taufen heut' — ein Kind — daß Gott erbarme!
Ich kanns nicht heben zum Altar, und hätt' ich Goliath's Arme.
Auch ist kein Wasser würdig sein, und wärs aus Jordans Wellen,
Und hätt's des heiligen Vaters Hand geschöpft aus Sinais Quellen.
Nun — Wasser thut es freilich nicht! — es trägt weit beff'res Verlangen:
Das Kindlein, das dem Geist geweiht, vom Geiste ward empfangen.
— Vom deutschen Geist; denn seht, es ist ein deutscher Mann sein Vater,
Und schilt ihn auch der Unverstand auf welsch noch: Procurater!
Preis ihm auch, der ihm Wohlgestalt verliehn, dem wackern Meister!
Sein Name ist von deutschem Klang; denn Ignaz „Müller" heißt er.
So füll' ich denn mit Wein das Glas — o Duft, o Geist, o Leben!
Die Engel Gottes seh ich froh vom Himmel niederschweben;
Sie segnen dich, sie preisen dich, du wunderreiche Tonne;
Du spendest einst der ganzen Welt die Füllen deiner Wonne.
Dein Ruhm gehört der Zukunft an; doch soll uns fromm gemahnen
Ein Blick in die Vergangenheit: Gedenkt der tapfern Ahnen,
Der schon im grauen Alterthum gehauset hier am Rheine,
Ein Sorgenfeind, ein Traubenfreund, ein Hüter edler Weine.
Steinberger schien vor allen ihm ein herrliches Getränke,
Er sprach zum Abt von Eberbach: „Den Keller gib als Schenke!"
Da trank er Wein mit Eimern ein, ja trank ihn Stückfaßweise,
Die guten Mönche sangen ihm ein Gloria zum Preise.
Doch ach! im deutschen Reich erhub sich Aufruhr und Getümmel,
Der edle Zecher ward zum Spott der frechen Bauernlümmel,
Sie schlugen ihm den Boden ein, — da ward der Wein zu Schanden,
In dessen Fluthen ihren Tod noch zehn der Frevler fanden. . .
Gottlob! in dieser neuen Zeit, schlägt man nicht ein die Fässer,
Man bauet neue; denn — die Welt wird weiser stets und besser.
Du Kindlein, bist uns deß Gewähr, dich weiht zu großen Thaten
Apoll, der seine Jünger heut gesendet dir als Pathen.
Von tapfern Männern stets geliebt, von holden Frau'n bewundert,
O sei des schönen Rheingaus Zier und Stolz noch manch Jahrhundert!
Im Vaterlande schall' dein Lob vom Feldberg bis zum Brocken,
Wie jenem Faß zu Heidelberg — doch werde nie so trocken! —
Den Taufwein — gieß' ich schnöde nicht aufs Holz — nein in die Kehle!
Und bete fromm, daß eurem Durst nie solch ein Labtrunk fehle. —
Die heilige Handlung ist vollbracht. Fragt ihr des Kindleins Namen?
Es heißt „Das Faß von Hattenheim" für ew'ge Zeiten! —

Amen! —

Hermann Dickmann.

Ludwig des Frommen[12] Tod.

Es kommt ein Schiff geschwommen herab den stolzen Rhein;
Die weißen Segel wallen im goldnen Mittagschein.
Umgeben von Getreuen, ruht drin gebettet weich
Der fromme Kaiser Ludwig, so krank und todesbleich.
„Legt an, legt an, ihr Schiffer, bei dieser stillen Au,
Da wehn durch schatt'ge Bäume die Lüfte mild und lau!
Da rasseln keine Schwerter, da tönt kein Schlachtgesang
Mir vom Verrath der Söhne mit fürchterlichem Klang!
Und auf dem grünen Rasen, ihr Treuen spannt mein Zelt,
Auf daß im Frieden ruhe der Herrscher einer Welt!
Schon rauscht des Rheines Welle ein sanftes Schlummerlied,
Und leichter wird sich schließen mein Auge, trüb und müd!"
Es sprachs der kranke Kayser, da ward erfüllt sein Wort;
Man trägt ihn auf ein Lager am kleinen Inselport.
Wie blaß sind seine Wangen, wie todesmatt sein Blick!
Er richtet ihn voll Trauer nach Ingelheim zurück.
Und auf den Zinnen leuchtet der letzte Abendstrahl;
Die hundert Säulen schimmern am stolzen Kaisersaal.
Da fühlt der fromme Ludwig, daß seine Stunde schlägt;
Er betet lang und leise und sagt, von Schmerz bewegt:
„Seht, wie der Glanz der Säulen verschwunden ist in Nacht!
Bald wird auch so vergehen der Karolinger Macht! —
Sagt meinen Herren Söhnen in Wehr und Waffen wild,
Daß sie dies Herz gebrochen, zu weich und vatermild.
Doch will es gern vergeben, vergessen muß es bald
Der Erde Lust und Schmerzen, Haß, Liebe und Gewalt!
Ihr Ritter, nehmt die Krone, umglänzt von nicht'gem Schein;
Lothar soll sie empfangen, er wird nun Kaiser sein.
Und bringt ihm auch den Zepter, zu schwer oft meiner Hand;
Bringt ihm den Purpurmantel, mir gnügt ein Sterbgewänd.
Denn nun zum dritten Male vom stolzen Kaiserthron,
Doch ach! ins Grab hernieder steigt, großer Karl dein Sohn;
Aus, aus!" — da bricht sein Auge, umhüllt von Todesnacht,
Er hat den Kampf bestanden, er hat den Sieg vollbracht.
Doch um die Königsleiche knien, traurig und voll Schmerz!
Die Ritter zum Gebete für das gebrochne Herz.

Adelh. v. Stolterfoth.

Das graue Haus zu Winkel.¹³)

Was weilst betrachtend du, mein frommer Pilger,
Vor diesem schlichten, altergrauen Bau?
Der Sturm der Zeiten, aller Pracht Vertilger,
Ja trägt er nur, nichts herrliches zur Schau!
Du sinnst und fühlst gar wunderbar beweget
An dieser Stätte deine tiefe Brust;
Doch was du sinnst, was sich so mächtig reget
In dir, ist kein Gefühl für eitle Lust.
Es ranket Epheu an den düstren Mauern,
Wo einsam nur die Brut der Schwalbe haust,
Und, voll von stiller Wehmuth, scheint zu trauern,
Was Irdisches du an dem Hause schaust.
Kein Leben hörst du in dem Innern walten,
Es deucht dir, wie ein märchenhafter Traum;
Und keine lebensfreudigen Gestalten
Erblickst du an des Fensters ödem Raum.
Doch was dein Busen fühlt in leiser Ahnung
Und die Betrachtung dir so süß belohnt;
Es ist der ernsten Stätte hehre Mahnung,
Daß hier ein großer Heiliger gewohnt!
Denn wenn dein Ohr dem Wehn der Lüfte lauschet,
Zu hören, was des Epheus Flüstern mahnt,
Und wenn du horchest, was die Welle rauschet;
Ihr Murmeln sagt dir, was dein Herz geahnt!
Wohl flüsterts oft mit lieblichem Getöne
Ums stille Haus, wo einst Rhaban geweilt
Und, daß der Jugend Fleiß das Alter kröne,
Die Garben seiner Ernte ausgetheilt:
Wohl führts das holde Bild in lichter Klarheit
Der Seele vor, die noch umstrickt kein Wahn,
Wie er gekämpft den heil'gen Kampf der Wahrheit
Wie er gewallt der Tugend steile Bahn!
Und sinnend steht der Pilger vor den Mauern
Und fühlt von Wehmuth seine Brust so voll:
Ob mit dem düstren Hause er wohl trauern,
Ob mit den Himmelsklängen jubeln soll? —
Gar manchen zwar, der da vorüberziehet,
Mag dieses Ortes Weihe kaum erbaun;
Es kann den Himmel, der die Grübler fliehet,
Das schlichte Herz des Fühlenden nur schaun!

Doch wenn der Stein, der kalte, Worte hätte,
Es hätt ihn längst das Lob Rhabans erbaut;
Und wenn die öde, lebenlose Stätte,
Sie segnete sein Andenken laut.
Und nur der Mensch besäße keine Wort
Zum Ruhme ihm, der seiner würdig klingt!
Kein Loblied diesem Vorbild, diesem Horte,
Dem selbst der Himmel Lobeslieder singt!
Nein Liebling Gottes, Stern der deutschen Lande,
Der selbst so manch' erhabnes Lied uns sang,
Noch klingt dein Name hier von Strand zu Strande,
Wie er im Munde frommer Ahnen klang! —
Doch weiht vor Allen dir, o großer Meister,
Der Sänger, was in seinem Busen hallt;
Süß rauschen stets ihm deiner Lieder Geister,
Wenn er vorbei an deinem Hause wallt!

Alvis Henninger.

Rhabanus Maurus.

Der Bischof Hatto thronet zu Mainz in Pracht und Lust;
Doch kein Erbarmen wohnet in seiner kalten Brust.
Von Hungersnoth berücket, fleht ihn sein Volk um Brod;
Der harte Mann erdrücket ihr Schrein im Feuertod;
So pflegt im grauen Hause Rhaban zu Winkel nicht,
Der dort in stiller Klause des Wohlthuns Blume bricht.
Dreihundert Arme nähret tagtäglich seine Hand,
Solang der Mangel währet im lieben Vaterland.
Drum eilt auch Hattos Fuße ein Heer von Mäusen nach;
Kein Beten, keine Buße enthebt ihn dieser Schmach.
Ob er auf festem Thurme im Rheine Schutz auch sucht;
Es folgt gleich einem Sturme, die Rache seiner Flucht.
Doch auf Rhabanus Flehen blieb stets des Rheingaus Strand
Befreit von ihren Wehen, die rings geplagt das Land.
Und selbst der Schollen Erde, den nur sein Fuß berührt,
Hat stets von Flur und Erde die Rächer weggeführt.
Drum schwirrt am Mäusethurme auch Hattos Geist noch heut,
So oft mit einem Sturme der alte Rheingott dräut.
Den Wandrer schreckt die Mähre, er denkt nicht liebend sein,
Und keine Mitleidszähre fließt lindernd seine Pein.

Doch nennt den großen Meister, Rhaban, den lichten Stern,
Die Zierde deutscher Geister, noch jede Lippe gern.
Es löscht sein Angedenken der Sturm der Zeit nicht aus,
Und fromme Wandrer lenken den Blick gern auf sein Haus.

Alois Henninger.

Des Schiffers Spieluhr.

Was tönt der Spieluhr heitrer Klang in diesen Augenblicken,
Wo bald sich auf den letzten Gang der Schiffer an muß schicken?
Was tönt der Spieluhr heitrer Ton in dieser bangen Stunde
Wo klaget eine Wittwe schon mit kummervollem Munde?
So will's der kranke Schiffersmann, den dieses Spiel zerstreuet,
Wenngleich ihn Nichts mehr fesseln kann, was sonst das Herz erfreuet! —
Die liebe, gute Schifferin weilt an dem Lager trauernd
Und pfleget sein mit treuem Sinn, des kleinsten Wunsches lauernd.
Schlecht stimmt in ihr gepreßtes Herz der Töne heitres Klingen;
Es möchte ihre Brust vor Schmerz bei diesem Spiele springen.
Allein, so oft der Gatte winkt, läßt sie das Uhrwerk tönen,
Ihm, bis das müde Auge sinkt, die Stunden zu verschönen.
Doch schweige nun, o holdes Spiel! nah ist die Sterbestunde;
Der letzte Lebenslaut entfiel schon seinem starren Munde.
Dumpf bricht der Wittwe Jammer aus, da sie ihn sieht erblassen;
Nicht will für dieses Trauerhaus dein heitres Tönen passen!
Allein ob sich vor Leichen auch nur leises Beten schicket,
Wo man nach alter Sitte Brauch ein stilles Lämpchen blicket;
Berührt von keiner Hand, begann von selbst die Uhr zu spielen,
Als kaum dem kranken Schiffersmann die matten Augen fielen.
Das hallte in der Wittwe Leid, wie leise Geisterweise,
Als wollt ihm geben das Geleit ihr Spiel auf letzter Reise,
Als müßte noch der süße Klang mit ihm hinüber kommen,
Den auf des Lebens kurzem Gang sein Ohr so gern vernommen.
Drauf blieb das Uhrwerk stille stehn wohl von derselben Stunde,
Bis man das Trauerjahr gesehn durchlaufen seine Runde.
Doch geht seit dessen letztem Schlag sie nun die alte Gleise;
Nur an des Schiffers Sterbetag noch stockt sie seltner Weise.

Alois Henninger.

Das gebrannte Heiligenhäuschen.

Es stand auf Winkels Matten ein stolzer Buchenbaum
Und goß die kühlen Schatten auf eines Kirchleins Raum,
Das dort mit frommer Sinnung, von Reben rings umreiht,
Der Winzer brave Innung Marien einst geweiht.
In seinen stillen Wänden war, kunstlos ausgehaun
Aus Holz von schlichten Händen, Marias Bild zu schaun.
Die Männer und die Frauen sah dort man auf den Knien
Gemeinsam sich erbauen, so oft ein Fest erschien.
Manch Hundert Jahre flogen des Kirchleins so entlang,
Und Sturm und Wetter zogen vorbei in raschem Gang.
Doch, wie die Zeiten gingen, ward auch die Andacht lahm,
Bis ihr die letzten Schwingen des Glaubens Lauheit nahm.
Verlassen sah das Bildniß rings auf den reichen Gaun,
Es herrschte Gras und Wildniß in des Capellchens Bau.
Ein und die andre Ahne nur wird die Stätte nicht
Und bat: „O Mutter, mahne dein lasses Volk zur Pflicht!"
Maria, voll der Milde, vernimmt das heiße Flehn;
Doch bleibt auf dem Gefilde ihr Bild noch einsam stehn.
Fern schwelgt von diesen Stufen das Volk, sein Herz ist kalt;
Ein Zeichen muß es rufen — und sieh! es rufet bald.
Ein Wetter kommt gezogen vom Rheine, schwarz, wie Nacht;
Wild schäumen seine Wogen, und dumpfer Donner kracht.
Da stürzt ein Meer von Flammen aus finstrem Wolkensaum
Und schmettert jach zusammen das Kirchlein und den Baum.
Kaum schweigen Sturm und Fluthen, da eilt das Volk hinaus:
Noch sprühen Rauch und Gluthen im kleinen Heiligenhaus;
Doch stand in Schutt und Kohlen, ob Alles war verzehrt,
Ein Wunder unverhohlen, das Bildniß — unversehrt.
Bald prangte die Kapelle, von Neuem aufgebaut,
Wie man sie dort zur Stelle noch heutzutage schaut.
Die Männer und die Frauen sah nun man auf den Knien
Sich wieder da erbauen, so oft ein Fest erschien.
Der Buche junge Schossen, mit jedem Lenze wach,
Von Blüthenduft umflossen, beschatten noch ihr Dach.
Sie heißt in Volkes Munde gebranntes Heilgenhaus,
Und diese fromme Kunde löscht kein Jahrhundert aus.

Alois Henninger.

Johannisberg.[14])

Dankbar nennen das Rheingau noch Euch Lehrer im Feldbau!
Die mit frommem Bemühn förderten Wissen und Kunst,
Welchen der Bischoffsberg und der Steinberg wurden zum Tempel,
Wo des Klausners Hand Reben in Steine gepflanzt.
Durch die wilde Natur ein unvergängliches Denkmal,
Bernhardiner! und Euch Benediktiner! geweiht.

v. Gerning.

Die St. Antoniuskapelle bei Geisenheim.

In dem Schatten grüner Bäume
Steht das Kirchlein, schlicht und klein,
Und die kühlen stillen Räume
Laden uns zur Andacht ein.
Nah dabei im Grase rastet
Wohlgemuth ein Jägersmann;
Denn des Mittgs Schwüle lastet
Gar zu schwer auf Flur und Tann.
Lächelnd blickt er nach dem Bilde,
Das im Heil'genhäuschen prangt,
Und deß Aug so selig milde
An dem Jesukindlein hangt.
„Welche Thorheit, zu verehren,
Diese Bilder, starr und kalt!
Das ist wahrlich zum Bekehren
Wär' ich dafür nicht zu alt;"
Alles deucht ihm eitler Flitter,
Strauß und Band und Wachs und Licht,
Bis ein nahes Ungewitter
Seinen Tadel unterbricht.
Heimwärts kann er nicht mehr eilen;
Doch der Eiche Dach ist dicht:
Drum beschließt er, da zu weilen;
Denn in's Kirchlein mag er nicht.
Doch das Wetter tobt so gräßlich,
Gleich als ende heut die Welt;
Donner rollen unablässig,
Blitze speit des Himmels Zelt.

Und das erste Mal im Leben
Wird dem Jäger bang und graus
Und er eilt mit zagem Beben
Nun in's kleine Heil'genhaus.
Plötzlich scheint in hellen Flammen
Jetzt der ganze Wald zu stehn:
Furchtsam schaudert er zusammen,
Glaubt sein Ende nah zu sehn.
„St. Antoni, starker Retter!"
Ruft er stammelnd, „Schirm und Trost!
Schütze mich vor diesem Wetter,
Das so gräulich mich umtost!"
Drei gewalt'ge Donnerschläge
Folgen diesem Feuermeer,
Gleich als brause durch's Gehäge
Wuthentbrannt das wilde Heer.
Und die Eiche liegt zertrümmert
Vor ihm bis auf Mark und Kern;
Doch das Heil'genhäuschen schimmert
Durch das Dunkel, wie ein Stern. —
Was der Weidmann da empfunden,
Saget uns die Kunde nicht;
Doch sein Lächeln war verschwunden
Von dem bleichen Angesicht.

Alois Henninger

Eibingen.[15)]

(1632.)

Schwedens mächt'ger König hauste mit gewalt'ger Macht am Rhein,
Schleifte alle festen Schlösser und die Städte nahm er ein.
Tief in waldigem Gebirge lag in eines Thales Grund
Schon Jahrhunderte ein Städtchen; doch war's keinem Menschen kund.
Denn ein böser Geist bewachte Bingens Mauern immerdar,
Und bei Spiel und Wein verbrachte man die Zeit das ganze Jahr.
Dies verdroß den heil'gen Ulrich, daß er schwur dem Satan Trutz;
Und er ging in's Schwedenlager, forderte vom König Schutz.
Bis der Teufel das erfahren, und die Schweden nahten schon;
Nahm er Bingen auf die Schultern, eilte rasch mit ihm davon.

Meilenlang sind seine Schritte, schon sieht er den klaren Rhein;
Aber tobend kommt Herr Ulrich mit den Schweden hintendrein.
Und vor Schrecken laufen Alle in dem Städtchen hin und her,
Daß die Last dem armen Teufel wurde noch einmal so schwer;
Als er nun mit einem Satze überschritt den breiten Rhein;
Da bedünkt es ihn, als müßte Bingen leichter worden sein.
An der Nahe setzt er's nieder und betrachtete die Stadt;
Da gewahrt er, daß er drüben, ach; ein Stück verloren hat!
Seine Ohren spitzt er schüttelnd, zieht dabei ein schief Gesicht:
Ganz war wohl die Stadt sein Eigen, doch zerstückelt war sie's nicht!
„Ei, ei Bingen!“ rief er heiser, „Binger Abfall — kleines Stück;
Komm, ei Bingen! komm herüber!“ doch der Abfall blieb zurück.
Und der Teufel floh das Städtchen, das Herr Ulrich nun beschützt:
Und das Dörflein wird dort drüben Eibingen genannt anitzt.

Carl Herzog.

Kloster Noth Gottes. [16])

Seht ihr das Kloster droben,
Vom Abendroth umwoben?
Hört ihr, wie's Glöcklein läutet,
Und wißt ihr, was bedeutet
Der Name, den es trägt?

Einst trugen diese Räume
Viel hohe Waldesbäume;
Wo Glockentöne klingen,
Da hört man fröhlich singen
Im Wald die Vögelein.

Und wo zum Himmel streben
Die Klösterthürme eben,
Da hob zur Wolkenzone
Die luftge Blätterkrone
Die Buche stolz empor.

Zu ihren grünen Hallen
Sah man die Pilger wallen;
Denn in des Stammes Zelle
Da thronte, sanft und helle,
Ein Muttergottesbild.

Ein Licht, so süß und milde,
Strömt aus dem Heil'genbilde;
Es war ein Himmelsfrieden
Dem stillen Ort beschieden;
Hier klang kein Jägerhorn.

Einst ging im Abendscheine
Ein Jude dort alleine;
Er sah die Strahlen funkeln
Aus grünem Waldes Dunkeln
Und trat heran zum Baum.

Da steht im Strahlenglanze,
Umwölbt vom Blätterkranze,
Maria mit dem Sohne.
In ungeheurem Hohne
Erbebt sein finstres Herz.

Erfaßt von wildem Hassen,
Muß er das Messer fassen;
Er stößt mit einem Fluche
Es in das Herz der Buche:
„Noth Gottes!" rufts im Baum.

Und mit verstörten Sinnen
Sieht blut'ge Tropfen rinnen
Er aus der frischen Wunde;
Er flieht entsetzt, zur Stunde
Erlahmt die rechte Hand.

Und, was im Baum gerufen
Steht jetzt auf heil'gen Stufen
Ein Altar; mild und helle
Thront dort in der Capelle
Das Muttergottesbild.

Louise v. Plönnies.

Ritter Brömser von Rüdesheim. [17])

I.

Von Rüdesheim bis Bingen, da ist der Rhein ein See;
Von Strand zu Strande klingen hör ich ein Lied voll Weh.

Dort stand die Engelgleiche, entgeistert stand sie da,
Das schönste Kind im Reiche, die bleiche Gisela.

Die Drachen und die Heiden ihr Vater, Brömser, traf;
Er konnt es nicht vermeiden, sie banden ihn im Schlaf.

Da lag er lang gefangen in unheilvoller Haft;
Bei Ottern und bei Schlangen zerging ihm schier die Kraft.

Die Tochter rang die Hände, sie liebt ihn überaus:
„Hilf, Himmel, mach ein Ende und send ihn heil nach Haus!"

So hat sie lang gerungen die schönen Hände wund;
Seine Ketten sind zersprungen, der Held entgeht gesund.

Und wie er kommt nach Hause, das ists ihr Ungewinn:
„Du wirst in stiller Klause nun Gottes Dienerin.

Ein Kloster will ich gründen dem Herrn, der mich befreit:
Da büße meine Sünden, du reine, junge Maid!"

Sie wollte nicht im Kloster so jung begraben sein,
Sie stürzte sich getroster wohl in den tiefen Rhein.

Die Wellen rauschen, schlingen hinab das schöne Weib;
Beim Mäusethurm zu Bingen am Morgen lag der Leib.

Der Vater ging sie schauen, da schlug das Herz ihm schwer;
Viel Klöster that er bauen, ward doch nicht fröhlich mehr.

Ihr Väter, büßt die Sünden nicht an den Töchterlein,
Und wollt ihr Klöster gründen, so geht auch selbst hinein!

K. Simrock.

II.

Dort, wo des Rheines grüne Fluthen rauschen,
Wo rebumkränzte Ufer er bespühlt,
Da mag der Wandrer gern den Sagen lauschen,
Wo ahndend er der Geister Nähe fühlt;
Dort ziehen ihm vor dem bewegten Sinn
Entschwundne Zeiten und Geschlechter hin.

Einst eilten Tausende in frommem Wahne
Von hier dem Heer im heil'gen Lande zu;
Auch Ritter Brömser folgt des Kreuzes Fahne,
Für seine Schmerzen sucht im Kampf er Ruh;
Vom Tod geraubt war seines Hauses Glück,
Und nur die einzge Tochter blieb zurück.

Nicht länger wollt auf seiner Burg er trauern,
Zu edlem Thun fühlt er sich neu belebt;
Darum verließ er jenes Schlosses Mauern,
Die heute noch sein Thatenklanz umschwebt;
Bald wurde er dem Kreuz ein Talisman,
Ein Schrecken in der Schlacht dem Muselmann.

Nicht fern vom Lager, wo des Kreuzes Fahne
Vom Hügel wehte als ein ernstes Wort,
Daß sie das Heer zu frohem Glauben mahne,
Dem Feind verkünde seiner Streiter Hort,
Da murmelte in schauerlichem Thal
Der reinsten Quelle silberheller Strahl.

Wohl Mancher, der hier seine matten Glieder
Ausruhte von des Tages heißer That
Und Labung suchte, kehrte nimmer wieder
Betrat nicht mehr des Ruhmes steilen Pfad;
Denn, lauernd hinter grüner Zweige Laub,
Harrt Tag und Nacht ein Drache hier auf Raub.

Da zog Hans Brömser aus, ihn zu bekriegen,
Gelobte auf das Kreuz mit heil'gem Schwur,
Nicht wiederkehren woll er, oder siegen
Und tilgen von dem Drachen jede Spur.
Um Sieg fleht er zuvor die Heil'gen an.
Dann sprengt er kühn den Felsenpfad hinan.

Da plötzlich gähnt des Ungeheuers Rachen,
Wie einer Höhle offner Schlund, ihn an;
Hoch bäumet sich sein Roß und weicht dem Drachen,
Scheu bebt er vor des Wurmes giftgem Zahn;
Da stürzt zu Fuß mit flink geführtem Stoß
Der Ritter auf das Ungeheuer los.

Und bald erlag der Drache seinen Streichen,
Schon eilt der Ritter siegesfroh zum Heer,

Als plötzlich sich der Feinde Schaaren zeigen,
Den Weg ihm sperrend: rasch greift er zur Wehr;
Doch von dem Kampf ermattet, sinkt sein Arm,
Und er erliegt der Sarazenen Schwarm.

Und Wochen, Monden langsam ihm verstreichen,
In seinen Kerker bringt kein Sonnenlicht,
Kein Strahl von Hoffnung will sich tröstend zeigen,
Nicht sieht er ein befreundet Angesicht;
Hier schlägt ihm nimmer ein ergebnes Herz,
Das Lindrung bringe seinem Höllenschmerz.

Da fällt verzweifelnd er zur Erde nieder,
Gelobt dem Herrn in seiner höchsten Noth,
Säh er dereinst die schöne Heimath wieder,
Errettet aus Gefangenschaft und Tod,
Die einz'ge Tochter seinem Gott zu weihn,
Gisella solle Braut des Himmels sein.

Und horch! was regt sich draußen vor den Thoren?
Es klingt, wie Schwerterklirren, Lanzenstoß,
Der Rosse Wiehern bringt in seine Ohren,
Horch! immer näher kommt des Kreuzes Troß,
Und in den Kerker bringt der Sieger Schwarm,
Der Ritter liegt in seiner Freunde Arm.

Da eilt, befreit aus Kerkers Nacht und Banden,
Der Ritter froh dem Meergestade zu,
Und gleitend schwebt den heimathlichen Landen
Ein Schiff mit stolz geblähten Segeln zu:
Bald pilgert er des Rheines Thal hindurch,
Und freundlich winkt ihm seiner Väter Burg.

Da stürzt ihm jubelnd sein Gesind entgegen,
Die Tochter liegt entzückt an seiner Brust
Und flehet kindlich um des Vaters Segen;
Der alte Ritter weint vor Schmerz und Lust:
O der Erinnerung! so schön, so mild,
War sie der Längstverblichnen Ebenbild.

Mit regem Sehnen harrte sie schon lange
Auf jenen Tag der frohen Wiederkehr,
Beklommen fühlte sie sich dann und bange,
Wehmüthge Bilder schwebten um sie her;

Denn längst verwundet war die zarte Brust
Durch jenen Gott der Schmerzen und der Lust.

Und Purpurröthe auf den holden Wangen,
Nennt sie dem Vater ihren Ritter dann,
Und, ihres Herzens innigstem Verlangen
Zu zürnen nicht, fleht sie ihn lieblich an;
Doch, wie die Blüthe vor dem kalten Nord,
Erstarret sie bei des Vaters eisgem Wort:

„Nicht einem Irb'schen wirst du angehören,
Dem höheren Beruf wirst du dich weih'n;
Laß nicht der Erde Tand dein Herz bethören,
Bald wirst des Himmels keusche Braut du sein;
Denn der Verzweiflung nah, in Kerkersnacht
Hab ich dem Herrn dies Opfer dargebracht!"

Da wirft sich weinend zu des Vaters Füßen
Die Jungfrau mit gerungnen Händen hin:
„Laß, Vater, meine Liebe laß mich büßen;
Doch stoß mich nicht von dir mit starrem Sinn!
Getreu will ich mich deinem Dienste weih'n
Und einst die Stütze deines Alters sein.

O blicke freundlich rückwärts auf die Jahre,
Wo du das Kind mit Vaterhuld gewiegt!
Als schmerzbetäubt du an der Gattin Bahre
Dich an dein Kind, den einz'gen Trost, geschmiegt;
Vertrautest stets auf dornenvoller Bahn
Du deines Herzens stillen Gram mir an.

Doch unerschüttert blieb der alte Ritter
Und rollte finster seiner Augen Braun,
Auf seiner Stirne drohten Ungewitter,
Erzürnt wollt er die Tochter nicht mehr schaun:
Beharrend bei dem fürchterlichen Spruch,
Droht er dem Ungehorsam seinen Fluch.

Da sieht er sie erröthen und erbleichen,
Sie schaudert bang, verworren ist ihr Sinn,
Sie eilt hinaus, den Söller zu erreichen,
Des Vaters Fluch rauscht graunvoll vor ihr hin:
Verfolgt, geängstet kommt sie auf den Thurm,
Und draußen braust der Rhein, es heult der Sturm.

Sie will entfliehn, es dunkelt ihren Blicken,
Verzweifelnd stürzt sie in die Fluth hinab,
Und schäumend schließt sich über ihrem Rücken
Der hochempörten Wogen feuchtes Grab.
Bald schweigt der Sturm, die Nacht kommt trüb heran,
Zu spät erkennt der Ritter seinen Wahn.

Der Jahre viele waren hingeschwunden,
Und kummervoll härmt sich der Ritter ab;
Nur Gram und Reue brachten ihm die Stunden,
Und lebensmüde sehnt er sich ins Grab:
Nicht freuen ihn mehr Jagd und Becherklang,
Der Laute Töne, zarter Minnesang.

Einst sah in stiller Mitternacht den Drachen,
Den er bezwang, im Traum er vor sich stehen;
Er schnappt nach ihm mit weitgesperrtem Rachen,
Und bebend wähnt er, um ihn seis geschehn:
Da rauscht Gisellas Lichtgestalt herab,
Wehmüth'gen Blicks wehrt sie den Drachen ab.

Laut prasselnd fallen seine Ketten nieder,
Die aus dem Kerker einst er mitgebracht;
Er öffnet bebend seine Augenlieder,
Und ihn umfängt das Graun der stillen Nacht:
Das Seufzen jener blassen Lichtgestalt,
In seinem Herzen schaurig wiederhallt.

Erschüttert findet ihn der heitre Morgen,
Nicht seinen Blicken glänzt die Sonne milb;
An seinem Herzen nagen bange Sorgen,
Da bringt man ihm ein Muttergottesbild,
Das auf dem Felde, überdeckt mit Sand
Und kläglich man um Hilfe rufend fand.

Und auf der Stätte, wo das Bild gerufen,
Da ließ ein Kloster er und Kirchlein baun;
Bald waren Fromme, an des Altars Stufen,
Zum Wunderbilde betend, dort zu schaun.
Noth Gottes wird das Kloster noch genannt,
Noch ist das Wunderbild ringsum bekannt.

Oft, wenn des Mondes silberbleiches Schimmern
Sich spiegelt in des Rheines dunkler Fluth,

Tönt aus den Wogen es, wie leises Wimmern;
Es rührt des Schiffers Herz mit hehrer Gluth,
Und an der Veste grauen Mauern malt
Sich eines bleichen Schattens Lichtgestalt.

Es ist Gisella, welche klagend nieder
Sich in des Rheines dunkle Fluthen neigt,
Und aus den Wogen tönts, wie Sterbelieder,
Wenn trauernd sie ihr blasses Antlitz zeigt,
Bis säuselnd dann der Wind die Fluthen hebt,
Und die Gestalt den Blicken sanft entschwebt.

Ernst v. Preuschen.

III.

Ritter Brömser kommt gezogen
Aus dem heilgen Morgenland,
Kommt nach sieben langen Jahren
Wieder an den Heimathstrand.

Hundert Sarazenenkrieger
Hat sein Schwert dem Tod geweiht,
Und der Ruhm des frommen Ritters
Ist verkündet weit und breit.

Narben zieren seine Stirne
Aus so mancher heißen Schlacht,
Aus dem Kampfe mit dem Drachen,
Den der Held einst kühn vollbracht.

Aber wilde Christenfeinde
Stürzten aus dem dunklen Wald,
Und der edle deutsche Ritter
Ward besiegt, gefangen bald.

Und in tiefen Kerkernächten
Naht der Schlaf ihm endlich mild;
Ihm erscheint in süßem Traume
Seiner Tochter holdes Bild.

Ihre Blicke hob sie betend,
Ihre Hände himmelan,

Und erwachend hatte Brömser
Ein Gelübde schnell gethan.

Er beschwörts mit heil'gem Schwure,
Er gelobts dem Himmel treu,
Seine liebliche Gisella
Gott zu weihen, würd er frei.

Und er warbs; er kommt gezogen
Aus dem heilgen Morgenland,
Kommt nach sieben langen Jahren
Wieder an den Heimathstrand.

„Rüdesheim und Rhein und Auen,
Rebenberge seid gegrüßt!
Du auch, Veste meiner Väter,
Die mein frommes Kind umschließt.“

Und er hebt empor die Blicke,
Und vom hohen Söller schaut
Eine holderblühte Jungfrau,
Stolz und froh, gleich einer Braut.

Ihr zur Seite, waffenglänzend,
Steht ein Ritter hoch und kühn;
Traulich hält er sie umfangen,
Und Gisellas Wangen glühn.

Ritter Brömsers Zug kommt näher,
Und sein Lilienbanner wallt:
„Kind, mein Kind!“ — O Vater, Vater!“
Tönts mit liebender Gewalt.

Und sie fliegt in seine Arme,
An die theure Vaterbrust;
Aber ach, sein strenges Antlitz
Lächelt nicht zu ihrer Lust!

„Vater, Vater! Bist du's wirklich,
Und der Himmel hat erhört,
Was ich ihn so heiß gebeten,
Hoffnungslos von Angst bethört!“

„Kind, mein Kind! du hast mich wieder,
Frei von Kerkernacht und Leid;
Darum hab ich auch dem Himmel
Dich als reine Braut geweiht!"

Ach, erbleichend sinkt Gisella
Stumm an ihres Otto's Herz;
Doch auf seinem Angesichte
Beben Liebe, Zorn und Schmerz.

„Wags, Gisella mir zu rauben!
Morgen wird sie mir getraut;
Mir gehört sie, mir verbunden
Ist die heißgeliebte Braut."

Schwerter rasseln aus der Scheide,
Rauhe Worte tönen wild;
Doch Gisella schlingt die Arme
Um des theuren Mannes Schild.

„Meine Brust durchbohrt erst, Vater,
Nimm mein Leben, es ist dein;
Aber Geist und Herz und Liebe
Sind noch selbst im Tode sein;

Keines Andern will ich werden,
Keines — selbst des Himmels nicht!"
Wehe dunkle Wolken hüllen
Plötzlich ein der Sonne Licht!

„Nun so sei verflucht auf Erden!"
Rufet Brömser wutherfüllt,
Und Gisella sinket nieder,
Ihren Geist hat Nacht umhüllt.

Und das Volk ruft: „Wehe! Wehe!"
Ueber die Verfluchte laut,
Und die rauhen Knechte treiben
Den Geliebten von der Braut.

Doch sein Auge sprühet Flammen,
Todesflammen, wild und schön.

Und Gisella sieht ihn fallen,
Hört ihn rufen: „Wiedersehn!"

Und sie flieht in wildem Wahnsinn
Schnell am Rheinesstrand hinab;
Traurig hört's der fromme Brömser
Wo sie sank in's Fluthengrab.

A. v. Stolterfoth.

Hagen und Volcker. [18])

Am Rüdesheimer Berge sitzt,
Wenn an die Felsen wild
Die mitternächt'ge Woge spritzt,
Ein finstres Heldenbild.

Er spricht, das breite Schwert zur Hand,
Das er im Leben trug:
„Wie ist, o Held aus Niederland,
Gestraft, der dich erschlug!

Denn hier muß ich in grauser Nacht
Des Schatzes Hüter sein,
Den ich mit List hierher gebracht,
Versenkt hab' in den Rhein!

Ihn hebe nimmer Menschenhand
An's Tageslicht herauf;
Die Sonne nur, sie darfs, sie fand
Mit glühendem Blick ihn auf.

Sie brütet um die Felsen hier
Und haust an dem Gestein,
Bis hell das Gold in Fluthen ihr
Zuströmet aus dem Rhein.

Der Rebe, die die Berge kränzt,
Ist sie vor Allem hold;
Drum in des Rheinlands Weine glänzt
Der Nibelungen Gold,

Das unerschöpflich, ewig sich
Verbreitet im Gestein;
Und so muß nun auch ewig ich
Hier wachen an dem Rhein.

Ach, wäre nur mein Volcher hier!
Als er in Etzels Land
Sich vor Chrimhildens Saal mit mir
Zu Schutz und Trutz verband;

Da kürzte er mit Heldensang
Und Saitenspiel die Nacht:
Jetzt halte ich die Nächte lang
Einsam und still die Wacht!"

Doch wie des Helden Wort verklingt,
Erhebt von Hattos Thurm
Ein Lied sich, das bald sanft sich schwingt,
Bald laut erbraust's, wie Sturm.

Ein Saitenspiel dazwischen dann
Anmuth'ge Weisen tönt,
Dem Helden, der's erlauschen kann,
Den Rest der Nacht verschönt.

So glänzt der Nibelungen Gold
Noch heute an dem Rhein;
Des deutschen Mannes Ehrensold,
Durchglüht es seinen Wein.

Und Volchers stolze Lieder wehn
Den heil'gen Strom entlang.
Einst wird er aus der Nacht erstehn,
Der deutsche Heldensang.

Wilhelm Genth.

Rüdesheim. [19])

Am Rhein, am grünen Rhein, da ist so mild die Nacht,
Die Rebenhügel liegen in goldner Mondespracht.

Und an den Hügeln wandelt ein hoher Schatten her
Mit Schwert und Purpurmantel, die Kron vom Golde schwer.
Das ist der Karl der Kaiser, der mit gewalt'ger Hand
Vor vielen Hundert Jahren geherrscht im deutschen Land.
Er ist heraufgestiegen zu Aachen aus der Gruft
Und segnet seine Reben und athmet Traubenduft.
Bei Rüdesheim, da funkelt der Mond in's Wasser hinein
Und baut eine goldne Brücke wohl über den Rhein.
Der Kaiser geht hinüber und schreitet langsam fort
Und segnet längs dem Strome die Reben an jedem Ort.
Dann kehrt er heim nach Aachen und schläft in seiner Gruft,
Bis ihn im neuen Jahre erweckt der Traubenduft.
Wir aber füllen die Römer und trinken im goldnen Saft
Uns deutsches Heldenfeuer, uns deutsche Heldenkraft.

E. Geibel.

Der Mäusethurm. [20])

I.

Am Mäusethurm um Mitternacht
Des Bischos Hatto Geist erwacht:
Er flieht um die Zinnen im Höllenschein
Und glühende Mäuslein hinter ihm drein.

Der Hungrigen hast du, Hatto, gelacht,
Die Scheuer Gottes zur Hölle gemacht!
Drum ward jedes Körnlein im Speicher dein
Verkehrt in ein nagendes Mäuselein.

Du flohst auf den Rhein in den Inselthurm,
Doch hinter dir rauschte der Mäusesturm;
Du schlossest den Thurm mit eherner Thür,
Sie nagten den Stein und drangen herfür.

Sie fraßen die Speisen, die Lagerstatt,
Sie fraßen den Tisch dir und wurden nicht satt;
Sie fraßen dich selber zu Aller Graus
Und nagten den Namen dein überall aus.

Fern rudern die Schiffer um Mitternacht,
Wenn schwirrend dein irrender Geist erwacht.
Er flieht um die Zinnen im Höllenschein
Und glühende Mäuslein hinter im drein.

A. Kopisch.

II.

Den Segen des Halmes im Mainzer Lande
Schlang Hattos Speicher begierig ein.
Es deuchte der geistlichen Macht keine Schande,
Der eisernsten Wucherer Haupt zu sein.
Und flehten verkümmerte Schatten um Brod,
Ward ihnen mit Kerker und Geißel gedroht.

Des Hungers Schwert, das Tausende mähte,
Zerhieb die Bande der Tyrannei.
Ein Aufruhr durchstürmte die Hauptstadt, es krähte
Der rothe Hahn aus dem Vorrathsgebäu.
Er schlang die feurigen Flügel um's Dach,
Die Mauern stürzten mit Donnerkrach.

Zur Brandstätte flog mit dem Trupp seiner Reiter
Der Bischof schnaubend: „Ergreift die Brut!"
Die rohen Kriegsknecht werfen die Meuter
Auf sein Geheiß in das Meer der Gluth.
Hohnlachend hört er die Sterbenden schrein;
„Ha!" rief er, „wie pfeifen die Kornmäuse sein!"

Hoch sah von den Sternen hernieder ein Rächer
Und sprach das Urtheil der Blutschuld aus.
Heim trabte der Wüthrich zum schäumenden Becher;
Doch sieh! was schwimmt auf dem Wein? — Eine Maus!
Bleich bebte der Pfaff, und mit Grausen trat
Vor sein Gewissen die ruchlose That.

Urplötzlich zerborst an unzählbaren Orten
Der glänzende Marmorspiegel der Wand,
Und aus den weitgähnenden Pforten
Kam eine Heerde von Mäusen gerannt.
Sie pfiffen und heulten, ein gräßliches Chor,
Und sprangen am starrenden Bischof empor.

Er floh mit aufwärts sich sträubenden Haaren,
Er leuchte die Hallen der Burg entlang:
Umsonst! ihn verfolgten die pfeifenden Schaaren,
Und eine furchtbare Stimme erklang:
„Und hättest du Flügel, sie frommen dir nicht;
Denn tausendmal schneller ist Gottes Gericht!" —

Darniedergedonnert von Todesschrecken,
Indeß um ihn her das Geziefer zerstob,
Barg er sich unter des Ruhebetts Decken,
Bleich, wie ein Gespenst, das der Gruft sich enthob.
Die Furcht hielt lang ihm zu Häupten Wacht,
Doch schloß sein Auge die Mitternacht.

Jetzt sah er in scheußlicher Larven Gedränge
Zerbrochen seinen bischöflichen Stab,
Und sich, gedrückt in des Sarges Enge,
Lebendig versenken in Nacht und Grab.
Und als er sich losriß vom peinlichen Traum,
Durchschlüpften Mäuse des Bettes Raum.

„O Jammerleben, voll Ekel und Grauen!
Ihr Traumgespenster, verkörpert euch,
Erwürgt mich, zerfleischt mich mit Drachenklauen
Und schleppt mich hinunter in's Todtenreich!
So rief er, indem er vom Lager sprang
Und voll Verzweiflung die Hände rang.

Er wandelte seufzend mit zagendem Schritte,
Wie ein Geächteter, durch den Palast,
Geschreckt von dem Hall seiner eigenen Tritte,
Und neidend des schlafenden Hofgesinds Rast.
Es regte sich rings keine Lebensspur,
Das Flämmchen der Ampeln bewegte sich nur.

Die leuchtenden Augen des Morgens sahen
Ihn noch in der grauenvollen Einöde wach.
Er hörte geschäftige Diener sich nahen,
Entschlich vor Scham zum verlaßnen Gemach,
Betrat die Stelle mit spähender Scheu,
Gewahrte kein Schreckniß und lebte, wie neu.

5*

Doch als er am Mittag sammt Chorherrn und Rittern
In Freude genaß des Nektars vom Rhein,
Sah man ihn jählings erblassen und zittern,
Denn ach! Die Bluträcher stellten sich ein.
Sie wimmelten zahllos aus seinem Gewand
Und rafften ihm gierig das Brod aus der Hand.

Er blickte mit Grimm und Verzweiflung gen Himmel
Und warf in der Eilflucht den Sessel um.
Ihm nach, wie ein Schweif, zog das graue Gewimmel;
Die Gäste saßen, wie Bildsäulen, stumm,
Und schleunig, nach kaum erst begonnenem Mahl,
Verließen sie schaudernd den Tisch und den Saal.

So spuckte die lästige Wundererscheinung
In Hattos Palast drei Monate fort;
Bald einzeln geneckt, bald in Schaarenvereinung,
Blieb nirgends dem Bischof ein ruhiger Ort.
Die Unholde störten zuletzt ihn sogar
Im Sange der Hochmesse vor dem Altar.

Er bat für ein Mittel, sie aufzureiben,
Durch Herolde manchen anlockenden Preis;
Er ließ hochberühmte Beschwörer verschreiben,
Sie zogen ums Schloß einen magischen Kreis:
Doch schlug ihr Bannfluch und Talisman
So wenig, als künstliche Giftmischung, an.

„O wär ich unglücklicher Mann nicht geboren!"
Rief Hatto mit himmelwärts flammendem Blick.
„Hindrängen will mich zu des Grabes Thoren
Dein ehrner Arm, verhülltes Geschick!
Ich trotze dir aber und all deiner Wuth:
Dir obsiegt der Mensch durch beharrlichen Muth!"

Er ließ, daß er sich von den Peinigen rette,
Sofort einen Thurm, ein steinernes Rund,
Auf einer Insel im Wogenbette
Des Rheinstroms erbauen auf Felsengrund.
Dort hofft er, umarmt von dem mächtigen Rhein,
Vor fluthscheuen Feinden gesichert zu sein.

Die Wasserburg stieg mit thätiger Schnelle
Hoch aus dem Schoose des Felsen empor:
Von härtestem Marmor gewölbt war die Zelle,
Die Hatto sich drinnen zur Wohnung erkor,
Und brennende Sehnsucht nach Ruhegewinn
Spannt ihm die Segel zur Reise dahin.

Sein Schiff umrauschten des Rheines Wogen,
Doch waren sie ihm keine schützende Wehr:
Es schwammen behend, wie im Wasser erzogen,
Die schrecklichen Plagedämonen umher,
Verfolgten gedrängt der Gondel Bahn
Und klommen in Schaaren den Bord hinan.

Und eine Stimme vernahm er mit Beben
Die, wie aus den Wolken herunter, sprach:
„Durch Blutschuld hast du verwirkt dein Leben
Dein Schicksal eilt, wie dein Schatten, dir nach!
Es stieg mit dir in das flüchtende Boot,
Und mitten in Fluthen ergreift dich der Tod!“ —

Drauf fand man einst Morgens im Thurmgemache
Ihn starr am Fußboden hingestreckt,
Und gleich einem Schwarme von Mücken am Bache,
Mit nagender Mäuse Gewühl ihn bedeckt.
Wie Blitze, verschwand das gräuliche Heer,
Doch zuckte der blutende Leichnam nicht mehr.

Man nennt den Thurm, wo sich dies nach der Sage
Vor achthundert Jahren bei Bingen begab,
Den Mäusethurm bis zum heutigen Tage,
Und graunweckend sieht er den Rhein noch hinab.
Kornwucherer, blickt auf dies Hochgericht hin
Und Schauder durchbebt euch den eisernen Sinn!

A. F. E. Langbein.

Die Eroberung des Mäusethurms.

(1631.)

I.

Fort von Bingens alten Mauern,
Durch des Rheines Wogenbahn
Rudert nach dem Mäusethurme
Pfeilgeschwinde Kahn um Kahn.
An den Farben ihrer Banner,
Die im Winde rauschend schlagen,
Sieht der Wächter auf dem Thurme,
Daß sie Schwedenkrieger tragen.

„Zu den Posten, Feinde nahen!"
Ruft er in den Thurm hinein.
Plötzlich stehen sieben Krieger
Kampf bereit im Waffenschein,
All' ergraut in Schlachtenwettern,
Eine auserlesne Wache,
Treu dem Mainzer Kirchenfürsten,
Feind der neuen Glaubenssache.

An des Thurmes flacher Insel
Landet jetzo Mann zu Mann,
Schreitet über Sand und Klippe
Zu den Mauern rasch heran,
Ruft: „Verlaßt den alten Glauben,
„Wollt euch unbedingt ergeben;
„Keinen Widerstand, kein Zögern,
„Sonst verliert Ihr euer Leben!"

Aber aus den Mauerscharten
Heult es geisterhaft wie Sturm:
„Eh', als wir uns feig ergeben,
„Werd ein Grab uns dieser Thurm.
„Treu dem Fürsten, dem wir schwuren,
„Wollen wir im Kampfe sterben,
„Treu der Väter altem Glauben
„Uns die Märt'rerkron' erwerben."

Also, wie aus einem Munde. —
Von den Schweden, wuthentbrannt,

Wird alsbald die alte Pforte
Mit den Kolben eingerannt;
Aber aus dem Innern springen
Sieben edle Schlachtentiger,
Unverzagt zum Todeskampfe
Gegen Hundert Löwenkrieger.

Und mit Schuß und scharfem Hiebe
Brechen sie zum Strand sich Bahn.
Mancher Schwede sinkt zu Boden,
Mancher flieht zu seinem Kahn.
Aber sieben gegen hundert!
Wenn von Hundert fallen Sieben
Fällt auch von den Sieben Einer,
Bis nur Einer noch geblieben.

Alles ruft ihm zu: „Ergeben!"
Doch er deutet schön das Wort;
Stürzt die blut'ge Klinge schwingend
Zu der nächsten Klippe fort,
Jauchzet: „Meinem Herrn und Glauben
„Treuergeben will ich enden!"
Weithin springt er in die Fluthen
Mit den stahlumhüllten Lenden.

Während die erstaunten Feinde
Starren in den Strom hinein
Wirft der Thurm als Todtenfackel
Weit darüber Flammenschein.
So von Schwedenhand veröbet,
Werden stürzen seine Mauern;
Doch die Kunde solcher Treue
Wird ihn ewig überbauern.

A. Bube.

II.

Sieben Deutsche, treu und muthig, halten Wacht auf Hattos Thurm,
Und drei Schwedenschiffe rudern durch den wilden Wogensturm.
Schon ist Rüdesheim gewonnen von des Nordlands kühnem Sohn,
Ehrenfels, die stolze Veste, trägt ein Schwedenbanner schon.

Aber aus dem alten Thurme kracht ein Kugelregen noch,
Und schon sanken viele Schweden blutig in das Bingerloch.
‚Folgt mir!“ ruft der Schwedenführer mit dem Degen in der Hand.
Und sie donnern an die Pforte, sprengen Schloß und Eisenband.
Schon erstürmen sie die Treppe, eingehüllt in Pulverdampf;
Doch die sieben treuen Wächter stehen fest im wilden Kampf.
Und die Feinde stürzen fliehend über Leichen jetzt zurück;
Doch ihr Hauptmann treibt sie vorwärts, mahnt an Schwedens Ruhm
und Glück.
Mahnt sie an den Tod der Brüder, spottet jener kleinen Schaar;
Ja! — schon reißt ihm eine Kugel seinen Hut vom lock'gen Haar.
Drauf entbrannt der Kampf gewalt'ger, und sechs Deutsche fallen kühn:
Ja, so brechen tapfre Herzen, junge Eichen, frühlingsgrün! —
Und der Letzte kämpft sich glücklich aus dem dunklen Heldengrab
In das reine Licht des Tages durch der Feinde Schaar hinab.
Aber draußen — blutge Schwerter kreisen um den Heldensohn
Und er springt auf einen Felsen, doch sein Auge dunkelt schon.
„Nimm Pardon und gib die Waffen!“ sagt der Schwedenführer mild;
„Kein Pardon!“ ruft stolz der Deutsche, stürzt sich in die Fluthen wild.

A. v. Stolterfoth.

Das Bingerloch. [21])

1.

Hört ihrs toben? Hört ihrs brausen?
Seht, das Schiff beginnt mit Grausen
In den Schäumen, in dem Dampf
Mit der wilden Fluth den Kampf!

Donnernd ruft der Rhein die Worte:
„Weicht zurück von dieser Pforte,
Sie verschließt mein Heiligthum;
Schnell, ihr Wandrer, wendet um!

Wißt, es bergen diese Thäler
Meiner Helden Grabesmäler,
Die herab ins nächtge Graun
Ernst von allen Felsen schaun!

Kehrt zurück dort in das Eden!
Hier, ach! lauert auf den Schnöden,

Der die Schwelle übertritt,
Todesnoth auf jedem Schritt!

Drachen starren ihm entgegen,
Nixen bieten an den Wegen
Ihm, den Tanz und Sang bethört,
Bänke an und schnell Gefährt.

Selbst der Felsen Kreis — kaum weiter
Läßt er ihn; drum eine Leiter
Bringt euch mit zur Zauberwand:
Hier steht eine gleich zur Hand!

O, dem Wandrer, graunumdüstert,
Droht hier Alles, lockt und flüstert;
Alle Berge haben Sprach,
Aeffen seine Worte nach.

Drum hinweg von diesem Orte!
Durch des Wunderlandes Pforte,
Wandrer, bring nicht frevelnd ein!"
Warnend rufts der alte Rhein.

Alter Rhein, du willst uns schrecken?
Zaubrer? Nixen? — Laß sie necken!
Bist du nicht der biedre Rhein?
Wandrer, Muth! — Hinein, hinein!

C. Doll.

2.

Im fernen Osten, wo des Landes Schwellen
Die dunkle Wog des Oceans bespült;
Wo Milch und Honig aus dem Boden quellen,
Ein sanfter West den Strahl der Sonne kühlt:
Dort lag ein blühend Reich in grauen Zeiten,
Von dem die dunkle Sage Kunde gibt.
Wohl war sein weiser König zu beneiden,
Als Vater seines Volks war er geliebt.

Doch darf sich ja ein Sterblicher erkühnen,
Zu bauen auf des Glückes Fortbestand?

Und ob dem Guten wir auch redlich dienen,
Das Unglück reicht dem Glücke oft die Hand.
Wohl Jedem, der, wann Unglücksstürme toben,
Nicht sein Vertrauen, seinen Muth verliert!
Auch über König Uhlos Haupt erhoben
Sich Ungewitter, stürmend hergeführt.

Ein Nachbarkönig, stolz auf seine Größe,
Gefürchtet nur, ein wüthender Tyrann,
Sein Glück nur suchend in des Kriegs Getöse,
Schon längstens Uhlo zu verderben sann.
Rasch dringen seine kriegsgewohnten Heere
In Uhlos Reich, gleich einer wilden Fluth;
Da lodern in den Städten Feuermeere,
Der Schrecken herrscht, es strömet Bürgerblut.

Und mag auch Uhlo sich entgegen stemmen,
Der Siegesgott ist seinem Heer entflohn;
Sein Löwenmuth kann nicht das Unheil hemmen,
Der Ungerechte trägt den Sieg davon.
Um nicht zu fallen in des Siegers Bande,
Deß furchtbar Heer ihn nimmer mehr umzäunt,
Entfliehet Uhlo seinem Vaterlande,
Begleitet nur von einem treuen Freund.

Und seine Schritte wendend stets nach Westen,
Durchirrt er dichte Wälder, Berg und Thal;
Oft schläft er unter dichtbelaubten Aesten,
Und wilde Beeren sind sein kärglich Mahl.
Nichts wollte seines Herzens Kummer lindern,
Zur Heimath blickt sein thränend Auge hin:
Er kann nicht seines Volkes Leiden mindern,
Drum will er fort zur weiten Ferne ziehn.

Dort, wo der Taunus und der Hunnenrücken,
Die Wasser dämmend, sich einander nahn,
Sich brüderlich die Felsenhände drücken,
Dort hält er seine irren Schritte an.
Und hier, im wildromantischen Gebiete,
Erstarket endlich seine kranke Brust,
Die Wunde narbt, und heitrer im Gemüthe
Empfindet er aufs Neue Lebenslust.

Ein biedres Volk aus der Teutonen Stamme
Nimmt gastlich ihn in schützenden Verein,
Und eine Hütte an des Berges Kamme
Soll künftig seine stille Wohnung sein.
An Leib und Seele hofft er zu genesen
Im Arme der allgütigen Natur;
Er will in ihrem großen Buche lesen
Und sie belauschen auf geheimer Spur.

Wann früh die Sonn am fernen Morgenhimmel
Im Strahlenglanze tritt aus goldnem Thor,
Sich ringsher regt freudiges Gewimmel;
Dann tritt auch er aus seiner Hütt hervor
Und wandelt, vom geliebten Freund begleitet,
Durch Berg und Thal, betrachtend jeden Keim,
Und spät erst, wann die Abendsonne scheidet,
Kehrt er zu seinem stillen Häuschen heim.

Noch fluthet nicht im ernsten, stolzen Gange,
Die Berge theilend, Vater Rhein dahin;
Ein Felsenrücken trotzt dem Wasserdrange,
Die Wogen stürzen donnernd über ihn;
So weit die Blicke in die Ferne reichen,
Bedeckt den Raum ein majestät'scher See,
Daß sanfte Wellen sich verfolgend streichen
Von fernen Bergen bis zur Taunushöh.

Da, wo die Fluthen brausend niederfallen
Und schäumend sich erheben aus dem Grund,
Sitzt Uhlo sinnend oft in Felsenhallen
Und wagt sich selbst in einen tiefen Schlund;
Bald sieht man ihn im leichten Kahne wieder
Stromaufwärts rudern an der Berge Rand;
Bald fährt er fern vom Ufer auf und nieder,
Und immerdar das Senkblei in der Hand.

So ist ihm eilig manches Jahr entronnen,
Und immer setzt er noch sein Forschen fort;
Ob er sich was im Stillen hat ersonnen? —
Verrathen hat ers noch mit keinem Wort.
Er fühlt sich froh, in der Natur zu weilen,
Auch, wo er kann, zu fördern Andrer Glück,

Und mag sein Geist auch oft zur Heimath eilen,
Er wünscht sich nicht auf einen Thron zurück.

Doch horch! — es bringet wildes Kriegsgedröhne
Selbst bis zu Uhlos stillem Zelt hinauf.
Zum ernsten Kampfe eilen Thuiskos Söhne,
Zu widerstehn des Feindes Siegerlauf.
Auch Uhlo greift behende zu der Keule,
Und, wo der Streit am heftigsten entbrennt,
Da tritt er muthig in der Kämpfer Zeile;
Sein treuer Freund sich nimmer von ihm trennt.

Zu Boden stürzet unter Uhlos Schlägen
Gar Mancher, um nicht wieder aufzustehn;
Allein des Feindes Uebermacht vermögen
Die deutschen Helden nicht zu widerstehn.
Es rinnt das Blut aus ihren offnen Wunden,
Und immer schwächer wird ihr Widerstand;
Erbleichend sinkt der Freund, und überwunden
Fällt Uhlo kraftlos in der Feinde Hand.

Was hilft's, daß er dem Tod der Schlacht entgangen?
Er hört des Siegers schreckliches Gebot:
„Es sollen sterben Alle, die gefangen,
Den Göttern sei geweiht ihr Opfertod!"
Und schon beginnt das rohe Mordgeschäfte,
Erbarmen kennen die Barbaren nicht;
Da sammelt Uhlo seine letzten Kräfte
Und bittend also er zum Sieger spricht

„Willst du des Lebens kurze Frist mir schenken,
Ich will es einem großen Zwecke weihn;
Der stolze See soll sein Gewässer senken
Und jene Fläche einstens trocken sein! —
Erweckt auch diese Rede nicht Vertrauen,
Voll Neugier blickt doch Jeder Uhlo an,
Und alle möchten gern dies Wunder schauen;
Drum werden seine Fesseln abgethan.

Da, wo die Fluthen brausend überströmen
Und rastlos stürzen in der Tiefe Grund,
Beginnet Uhlo nun sein Unternehmen.
Er steigt hinunter in den grausen Schlund

Und in des Abgrunds jäher Felsenklause,
Da sitzt er, schaffend, Tag für Tag,
Und durch der Wogen mächtiges Gebrause
Erschallet dumpf sein kräft'ger Hammerschlag.

Und Stund und Tage reihen sich zu Wochen,
Und Wochen wachsen schon heran zum Jahr,
Noch immer hört man ihn am Felsen pochen,
Und immer bleibt der See noch, wie er war.
Sollt Uhlo Alle und sich selbst betrügen
Und nie erreichen das ersehnte Ziel?
Sein Genius, er sollte ihn belügen?
Nein! nimmer täuscht dies heilige Gefühl!

Von ihm getrieben, hämmert unverdrossen,
Kaum nächtlich ruhend, Uhlo stets im Schacht,
Und ehe noch ein zweites Jahr verflossen,
Ist schon sein wunderbares Werk vollbracht.
Laut bonnernd stürzt ein Theil vom Felsenrücken
Zur Tief hinab mit fürchterlicher Wucht,
Und der Gewässer hohe Wogen drücken
Sich unaufhaltsam durch die weite Schlucht.

Und immer tiefer sinkt der klare Spiegel
Des Seees rings an der Gebirge Rand;
Schon zeigen sich die Häupter vieler Hügel,
Allmählig größer wird das trockne Land.
Bald strömt der Rhein in seinem stolzen Gange,
Ein Silberstreifen, durch die Auen her;
Doch Uhlo weilt nicht mehr am Felsenhange,
Den Vielgeprüften sah kein Auge mehr.

Wilh. Prätorius.

Der hl. Nikolaus und der Schiffer.

Zu Rüdesheim an Brömsers Burg, da steht ein steinern Haus
Und drin ein wunderthätig Bild des heil'gen Nikolaus,
Ein Schiffer kniet davor und fleht: „Laß Gnade mir geschehn,
Mich und mein Schifflein unversehrt durch's Loch zu Bingen gehn

Und wenn du, heil'ger Nikolaus mir dies gewähret haft,
Eine Kerze stift ich deinem Haus, wie meines Schiffes Mast!"
Der Heil'ge nickt Erhörung zu, und pfeilschnell fliegt das Schiff
Auf glatten Wellen unverfehrt über's lauernde Felsenriff.
Da sprach der Schiffer und lachte derb: „die Gefahr ist nicht so groß,
Ich sehe wohl, mich beißen nicht die Fisch im Wellenschoos,
Und du, habfücht'ger Heil'ger, du, will ewig sein verdammt,
Wenn nur ein Stümpchen, fingergroß, vor deinem Bilde flammt!"
Das Wort ist gesprochen, da kracht das Schiff, das Wasser schießt herein,
Die Fische beißen den Schiffersmann; noch zeigt man sein Gebein.

Der alte Churfürst. [22])

Ein traurig Liedlein ist zu lesen,
Wie einst in alter grauer Zeit
Ein reicher Churfürst ist gewesen,
Der niemals sich am Wein erfreut.
Ein reicher Churfürst, liebe Zecher!
Der ist fürwahr ein armer Mann,
Wenn er den grünbelaubten Becher
Nicht füllen und nicht leeren kann.
Doch hört! gar Schlimmes sagt die Kunde
Von diesem Churfürst, diesem Wicht:
Was er versagt dem eignen Munde,
Das gönnt er auch den Dienern nicht.
Zu Asmannshausen an dem Rheine,
Da steht ein Berg, da reift die Gluth
Den köstlichsten der Purpurweine;
Der war des Fürsten erblich gut.
Deß that der Wassermann nur spotten,
Und ruft die Diener in den Saal
Und spricht: „die Reben auszurotten,
Seid jetzt gewärtig allzumal!"
Da regt ein namenloses Schaudern
Der Diener Seelen und Verstand,
Und wie sie länger wollen zaudern,
Erhebt er frevelhaft die Hand.
Und löst vom treuvermählten Stabe
Der Reben perlenschweres Holz

Und höhnet Libers süße Gabe,
Auf frömmelnde Gefühle stolz.
Doch hört, wie's diesem ist ergangen!
Nachdem das arge Werk vollbracht,
Hat ew'ges Dunkel ihn umfangen,
Und ist bis heut nicht mehr erwacht.
Denn an der Stelle, wo geschehen
Der Frevel an dem goldnen Wein,
Ist dieser Churfürst stracks zu sehen
Als stiller kalter Felsenstein.
Er schützt mit seinem breiten Rücken
Der Traube Blut vor Sturmeswehn,
Damit er ewig muß beglücken
Für dieses sträfliche Vergehn.

P. J. Schmitz.

Lorch.

1.

Zu Lorch vom Berge schauet die Kirche stolz in's Thal;
Ein heißes Waffenkämpfen umdröhnet ihr Portal.
O laßt die Todten ruhen, o stört die Beter nicht,
Ihr wildentbrannten Streiter, hier hält mein kein Gericht!

Doch heißer stets entspinnt sich der mörderische Streit,
Vom Herzen dieser Schweden wohnt alle Ehrfurcht weit.
Das Heiligthum zu plündern, ist ihr verwegner Plan,
Drum stürmen so gewaltig vom Markte sie heran.

Ein kleines Häuflein schirmt nur die Kirche und den Schatz;
Doch kaufen leichten Preises die Schweden nicht den Platz.
Fest stehet am Portale die winz'ge Heldenschaar,
Zerfleischend ihre Feinde, wie seinen Raub der Aar.

Es sind der Stufen viele, die von des Marktes Hang
Zur Kirchenpforte führten mit hochgewölbtem Gang,
Und dieser Halle Enge gab unsren Helden Schutz;
Denn Mann für Mann nur konnte man ihnen bieten Trutz.

Allein zuletzt obsiegte der Schweden Ueberzahl;
Ein Held nur schwang verzweifelnd noch gegen sie den Stahl.
Doch als sein Arm erlahmte, und Schwert ihm sinkt und Schild,
Da wirft er auf das Knie sich vors nahe Kreuzesbild:

„Wir haben Herr! gekämpfet, wies ziemt dem Christenheld,
Dein Heiligthum zu schützen und sein geweihtes Feld!
O Herr! beschütze du nun, beschütze du dein Haus!
Fleht inbrunstvoll und hauchet die Heldenseele aus. —

Und horch! Drommeten schmettern mit fürchterlichem Schall,
Und aus den Gräbern steigen die Lorcher Ritter all,
Und schlagen die Bedränger in grauenvolle Wucht
Mit Schwertern und mit Hippen zu Tod und in die Flucht! —

Zu Lorch vom Berge schauet die Kirche stolz ins Thal,
Kein heißes Waffenkämpfen umdröhnt mehr ihr Portal.
Man läßt die Gräber ruhen und stört die Beter nicht,
Seitdem die Todten hielten so schreckliches Gericht. [23])

Alois Henninger.

II.

„Hinauf trotz Furcht und Grauen,
Hinauf mein starkes Roß;
Dort oben bei grünen Auen
Steht meiner Liebsten Schloß!
Ich will in Wein dich baden,
Dich kämmen mit goldnem Kamm
Und ewig mit Brot der Gnaden
Dich füttern, wie ein Lamm!

Drum immer ohne Zagen,
Mein treues Roß, hinauf;
Hast oft mich zur Schlacht getragen,
Zu Kampf und Siegeslauf.
Ich soll mir mein Lieb gewinnen,
So sprach ihres Vaters Mund;
Und ich will mir mein Lieb gewinnen,
Oder stürzen hinab in den Schlund!"

So ruft der kühne Reiter,
Umstarrt von Tod und Grab;
Das Roß stürmt weiter und weiter,
Der Ritter schaut nicht hinab.
Er hört tief unten brausen
Die Wisper zum wilden Rhein,
Hört Sturm in der Höhe sausen
Und hängt, wie ein Aar, am Gestein.

Und wie zwei starke Flügel,
Umflattert ihn sein Gewand;
Es flattert von Hügel zu Hügel
Es wallet von Wand zu Wand.
Ha, sieh! schon leuchten ihm Sterne,
Zwei Sterne wunderbar,
Und aus der duftigen Ferne
Weht goldenes Lockenhaar!

Und horch! jetzt tönen Lieder,
Jetzt strahlts wie Himmelsglanz,
Vom Thurme beugt sich hernieder
Sein Lieb und hält den Kranz.
Ihr Vater rufet bezwungen:
„Willkommen, mein junger Held,
Du hast dir die Braut errungen,
Dem Kühnen gehört die Welt!"

A. v. Stolterfoth.

Die Teufelsleiter bei Lorch.

I.

Der Wandrer geht am Strande, wo mit Brausen
Hinwogt der Rhein durchs rauhe Felsenthal,
Nicht fern vom rebenreichen Asmannshausen,
Wo Bacchus ruft zum goldenen Pokal;
Es schwebt der Geister Flug in Lust und Grausen
Noch hier um manch bemoostes Heldenmal:
Der Wandrer sieht, wie dort, vom Wald umkränzet,
Lorchs alte Burg im Abendscheine glänzet.

6

Er sieht voll Ernst, und ihm entfährt die Frage:
„Wer hat vordem nach Thaten hier gestrebt?"
Und trauten Tons antwortet ihm die Sage:
Einst wohnte, wo sich die Ruin' erhebt,
Sibo von Lorch, der seine früh'ren Tage
In Fehden, Schmaus und Jagdgeräusch verlebt;
Schon sah er auf den Hügel seiner Lieben,
Doch war ihm noch ein Töchterlein geblieben.

Zwölf Jahre zählt die liebliche Garlinde;
Sie blüht empor, wie Engel, schön und gut:
Viel Liebe trägt er zu dem holben Kinde
Und schirmet sie mit väterlicher Hut.
Doch rauh ist sein Gemüth, wie Herbstes Winde,
Und dunkel, wie des Rheins empörte Fluth:
Gern will man seine Burg vorübergehen,
Und selten wird ein Gastfreund hier gesehen.

Einst in der Nacht, da Sturm und Wellen toben,
Erscheint ein altes Männlein an der Thür
Und spricht: „Wollt, tapfrer Degen, ihr da oben
Mir heute nicht verleihn ein Nachtquartier?
Ich kenn euch längst und werd euch dafür loben
Bei Alt und Jung in unserem Revier!"
Das Männlein steht im graulichen Gewande,
Verziert mit einem dunkelrothen Bande.

Der Ritter schaut und ruft herab: „Wer lärmet
So spät? das scheint ein toller Kauz zu sein,
Der Nachts umher an allen Höfen schwärmet,
Einlaß begehrt und hext noch obendrein:
Geh dorthin, wo sich deines Gleichen wärmet!" —
Das Männlein geht und brummt in sich hinein:
„Du willst mir nicht ein kleines Obdach schenken?
Wart, Murrkopf, wart! das will ich dir gedenken?"

Und als der Frühe Gold die Berge krönet,
Hat Sibo schon vergessen, was geschehen;
Doch als barauf die Mittagsglocke tönet,
Wird bei dem Mahl Garlinde nicht gesehen.
Der Vater schickt umher nach ihr und wähnet,
Sie sei im Schloß, im Garten zu erspähn.

Umsonst! Er ruft voll Angst: „Ich muß sie finden!
Auf Knappen, eilt und sucht nach allen Winden!"

Sie sitzen auf, fort geht's in schnellem Trabe,
Dem Ritter folgt ein Theil zum Wiesengrund;
Dort steht am Weidenbaum ein Hirtenknabe,
Und ihm zu Füßen spielt ein treuer Hund;
Die Heerde lenkt er mit dem Schippenstabe,
Und Sibo fragt ihn schnell: „Ward etwas kund
Von meinem Töchterlein? Ist sie gekommen
In dieses Thal? Sag hast du nichts vernommen?"

Der Jüngling drauf: „Als uns der Morgen graute,
Trieb ich die Schafe zu dem Wiesenbach,
Allwo mein Blick ein holdes Mägdlein schaute,
Das Schlüsselblumen und Violen brach;
Auf einmal hört ich wildverworrne Laute
Und sieh! drei graue Männlein kamen jach
Vom Berg herab, die schnell das schöne Kind gefangen
Und dann mit ihm hinauf die Felsen sprangen.

Man weiß, am Kedrich haben ihre Sitze
Kobolde schwarz und grau, in tiefer Kluft;
Wohl sind sie schlimm, gerathen leicht in Hitze
Und wandeln gern hervor im Morgenduft."
Da schaut der Ritter nach des Berges Spitze
Und als mit Schrecken er „Garlinde!" ruft,
Sieht er sein Kind; es scheint von jenen Höhen
Mit ausgestreckten Armen ihn zu flehen.

O Schmerz! So muß sein Auge denn von Weiten
Erblicken sie, die er nicht retten kann!
„Herbei, herbei!" ruft Sibo seinen Leuten,
Versuchts und glimmt den jähen Fels hinan!"
Voll Eifer nahn die Diener und bereiten
Sich schnell, hinauf zu klettern Mann vor Mann;
Doch wie auch jeder ansetzt frisch und munter,
Sie rollen wieder von dem Berg herunter.

„Werkleute her!" ruft da im Zorn der Ritter,
„Hier eine Bahn gebrochen muß ich sehn!"
Schon sind sie da, schon fliegen rings die Splitter,
Da Meisel, Spath und Hammer rüstig gehn.

6*

Doch ha! sie fliehn erschreckt, weil ein Gewitter
Von Steinen tobt herab die Felsenhöhn;
Und aus dem Berg erschallt's in dumpfem Tone:
„Dies wird der Gastlichkeit auf Lorch zum Lohne!"

Ach! Sibo kehrt zurück voll Harm und Grauen;
Wer mag befrein, wo Geister in dem Spiel?
Er will nun auf Gelübb und Wohlthat bauen
Und spendet Armen, Kirch und Kloster viel.
Von Morgens früh bis spät am Abend schauen
Des Vaters Blicke nach dem fernen Ziel:
Ihm bleibt der schwache Trost sein Kind zu sehen,
Wie dort es wandelt auf des Kedrichs Höhen.

Die Gnomen doch in ihres Berges Hallen
Sind gut und freundlich um das Mägdelein;
Sie bauen ihr ein Stübchen, mit Krystallen
Verziert, mit Muschelwerk und buntem Stein;
Dort schmücken sie Bergweiblein mit Korallen
Und weben ihr ein Kleidchen, weiß und fein;
Auch tönt, daß sie nicht lange Weile quälet,
Manch schönes Lied, manch Mährchen wird erzählet.

Sie bringen ihr die köstlichsten Gerichte:
Milch, Honigseim und was von Trauben glüht
Auf Hügeln, auch des Baumes goldne Früchte.
Vor allem ist ein Mütterchen bemüht:
Wenn jene klagt mit thränendem Gesichte,
Ruft sie: „Getrost, mein Töchterlein! dir blüht
Ein schönes Glück; dir samml ich Hochzeitsgaben,
Wie nimmer sie des Königs Töchter haben!" —

So hatten nun das Kind die Gnomenbrüder
Geraubt, und schon das vierte Jahr verfloß.
Den Vater beugen Gram und Sorge nieder;
Was hofft er noch? Veröbet ist sein Schloß:
Da horch! am Abend tönt in Felsen wieder
Des Wächters Horn; es hält auf seinem Roß
Ein Ritter an dem Thor, und von den Sassen
Wird, auf des Herrn Befehl, er eingelassen.

Ruthelm, so heißt er, war aus fernem Kriege
Zurückgekehrt, ein edler Rittersmann,

Der Ruhm erkämpft und Theil an jedem Siege
Erhalten mit dem rhein'schen Heeresbann,
So daß gehemmt der Ungarn wilde Züge
Nicht wogen mehr aus Isters Gaun heran;
Von Lorch ein halbes Stünblein nur entlegen
Ist seine Burg und schaut dem Ost entgegen.

Jetzt führen ihn die Knappen nach dem Saale.
Am Fenster lehnt der Burgherr trüb und stumm;
Sein Auge blickt zum goldnen Abendstrahle,
Er seufzt und wendet nach dem Gast sich um.
Der spricht: „Gott grüß' euch, Ritter! in dem Thale
Geht wunderseltsam ein Gerücht herum:
Wie Zwerglein, die man Nachts am Berge spüret,
Längst euer holdes Töchterlein entführet.

Schon zog ich weit umher auf Abenteuer,
Auch weiß man, was ich da und dort bestand,
Und daß mir Ritterpflicht vor Allem theuer;
Jetzt komm ich siegreich aus dem Ungarland:
Sei's hundertmal im Berge nicht geheuer,
Ich wag's und eile zu dem Felsenrand,
Und wo sie auch die Maid verborgen hätten,
Mir sagt mein Herz, ich werde sie erretten!"

Da reicht ihm Sibo mit erhelltem Blicke
Die Hand und spricht: „So helfe Gott, mein Sohn!
Ach! bringet ihr mein armes Kind zurücke,
Dann werd auch euch der allerschönste Lohn!
Wohl bin ich reich, doch fehlt zu meinem Glücke
Nur sie, die mir geraubt seit Jahren schon:
Zur Gattin sei sie dann hiermit gelobet
Euch, der sich stets so ritterlich erprobet!"

Und Ruthelm eilt in heißem Liebesbrange
Zum Kedrich hin: ein reizend Jungfraunbild
Umschwebt des Helden Sinn; nach einem Gange
Durchspäht er rings das weite Berggefild;
Jedoch vergebens weilet er so lange
Bis sich die halbe Flur in Dämmrung hüllt:
Jetzt sucht er raschen Muths hinan zu bringen
Die jähe Wand, doch kann es nicht gelingen.

Und unmuthvoll will heim der Ritter kehren:
„Ha!" klagt er, „nie, nie soll ich sie befrein!"
Auf einmal läßt sich eine Stimme hören,
Dumpf, wie des Windes Rauschen in dem Hain,
Und sieh! es tritt hervor aus dunklen Föhren
Ein grauer Zwerg im blassen Mondenschein;
Der spricht: „Herr Rittersmann, in diese Gründe
Kamt ihr wohl ob der lieblichen Garlinde?

Sie ist mein theures Pflegekind und weilet
Im funkelnden Gemach des Berges dort.
Wollt ihr zur Braut die Schöne, Herr, so eilet
Und holt sie selber ab an jenem Ort!"
Doch Ruthelm, als ihm der Bescheid ertheilet,
Schlägt ein und ruft: „Wohlan! Ein Mann ein Wort!"
Der Gnome drauf: „Versucht nur Händ und Füße!
Ich bin ein Zwerg, doch ist mein Wort ein Riese!

Fällts euch nicht schwer, den Gipfel zu erreichen,
So knüpfet immerhin der Liebe Band;
Es lohnt der Müh, die Jungfrau sonder Gleichen
Zu haben; denn im ganzen rhein'schen Land
Wird sie gewißlich keiner andren weichen
An Sittsamkeit, an Schönheit und Verstand.
Nun — wohl bekomm euch dieses Abends Frische!"
Und er verschwindet lachend im Gebüsche.

Der Ritter schaut empor und denkt: „Da rette,
Wer retten kann! Der Alte sprach mir Hohn.
Ja, wer des Adlers mächt'ge Flügel hätte,
Der schwebte wohl dorthin zu süßem Lohn;
Doch wo hinauf die steile Felsenkette?"
Als er noch sinnt, erschallt ein heller Ton;
Er hört: „Wohl mags auch ohne Flügel gehen!"
Und — sieht ein altes Gnomenweiblein stehen.

Die sagte: „Hierher hab ich den Schritt gelenket,
Zu hören, was mit euch mein Bruder sprach;
Garlindens Vater hat ihn sehr gekränket,
Und büßt nun, was er gegen ihn verbrach:
Ich weiß, daß gut und rein das Mägdlein denket
Und gern verlieh dem Müden ein Gemach;

Darum auch wünscht ich ihr von ganzer Seele,
Daß sie zum Weib ein braver Ritter wähle.

Mein Brnder hat euch jetzt sein Wort gegeben,
Und unser Wort ist fest, wie Fels und Stahl;
Dies Glöcklein nehmt und geht daneben
Mit ihm ins wildverwachsne Wisperthal!
Dort seht ihr einen Hügel sich erheben,
Wo ein verlaßner Schacht; ihn zeigt der Pfahl;
Auch eine Tann und Buche stehn selbander
Und schlingen ihre Zweige durcheinander.

Hier in den Eingang tretet kühn und sachte,
Dreimal das Glöcklein läutet ohne Graun!
Mein jüngster Bruder wohnt in jenem Schachte;
Es dienet ihm als Zeichen und Vertraun,
Daß mein Gebot den Fremden zu ihm brachte:
Und läßt er sich vor eurem Blicke schaun;
So bittet, euch zu fertigen die Leiter,
Hoch, wie der Berg, und damit geht es weiter!"

Voll Freude dankt ihr Ruthelm und geschwinde
Eilt er zur Höhl und zieht das Glöckchen an;
Da wallt in grauem Kleid und rother Binde
Ein Männlein mit dem Grubenlicht heran;
Es fragt: „Was führet euch in diese Gründe?"
Und sein Begehr erzählt der Rittersmann.
„Wohl! Fasset Muth", sagt jener, und vertrauet;
Doch seid am Kedrich, wann der Morgen thauet!"

Er zieht ein Pfeiflein aus dem Sack, und Pfeifen
Erschallet rings, da heim der Ritter kehrt;
Bergmännchen wimmeln durch das Thal und schweifen
Herzu, mit Hammer, Säg und Beil bewehrt;
Auch Ruthelm sieht sie noch von Ferne streifen,
Wie Fledermäus im Abendschein: er hört
Und Schläge donnern, hört die Bäume fallen,
Die Freud' und Hoffnung will im Herzen wallen.

Als früh der Hahn des Tages Licht verkündet,
Treibt ihn zum Kedrich hin die rasche Gluth,
Und hoch am schroffen Rand des Berges findet
Sich angestellt die Leiter, fest und gut;

Er steigt, es graut ihn fast, doch überwindet
Mit jedem Schritt sein Sehnen und sein Muth.
Als Morgenroth durchglüht der Bäume Wipfel,
Erreicht er froh des Hochgebirges Gipfel.

Der Ritter schaut ringsum, verläßt die Leiter,
Wallt fort und — sieht die Jungfrau in dem Hain.
Auf einer Bank von Moos, wo duft'ge Kräuter
Und Rosen blühn, schläft sie im Morgenschein.
Er steht vor ihr entzückt und kann nicht weiter,
Es saugt sein Blick der Schönheit Zauber ein,
Wie Bienen Lust aus Waldesblumen ziehen,
Wie Schmetterlinge, wenn die Gärten blühen.

Jedoch sie wacht schon auf, in Mild erhebend
Ihr blaues Aug; da kniet er vor sie hin
Und spricht vom seligsten Gefühl erbebend:
„Wißt, Holde! daß ich hergekommen bin,
Dem Vater euch zu bringen, neu belebend
Des Armen, ach! so lang getrübten Sinn!"
Garlinde staunt in Thränen und in Wonne:
So lacht im Mai durch Regenflur die Sonne.

Jetzt aber schüchtern und erröthend blicket
Ihr Aug auf ihn, der sie zur Heimath rief:
Da naht das Männlein, so sie einst entrücket,
Dem trippelnd nach die gute Alte lief.
Den Ritter schaut der Gnom, und plötzlich drücket
Die Falte sich in seine Stirne tief;
Doch er gewahrt die Leiter: alle Sachen
Sind ihm erklärt, und er beginnt mit Lachen:

„Nun ja! Das spann sich in dem guten Herzen
Der Alten hier, und trifft dann auf ein Haar.
Ich gab mein Wort, wir gebens nicht zum Scherzen,
Und Unbild sei vergessen immerbar!
So nimm sie hin, belohnet euch die Schmerzen,
Und seid gastfreier, als Herr Sibo war!
Ihr, Ritter, müßt hinab die Leiter steigen,
Dem Pflegkind werd ich beßre Wege zeigen!"

Ruthelm gehorcht mit Freuden, und es führet
Garlinden das Geschwisterpaar hinab

Durch den verborgnen Gang, wo, tiefgerühret,
Die Gnomin ihr ein feines Kästlein gab,
Von Palmenholz, mit Golde schön gezieret,
Voll Edelstein und Perlen: „Nimm mir ab,“
Sagt sie, „mein Kind, dein Hochzeitsangebinde!“
Und weinend trennet sich von ihr Garlinde.

Der Ritter bringt die Maid auf seinem Rosse
Dem Vater schnell. — Wer schildert die Gewalt
Der Herzenswonn, als ihm der Fehdgenosse
Die Tochter nun gegeben? Alsobald
Gebeut er, daß, wer's je verlangt, im Schlosse
Bewirthung finden soll und Aufenthalt,
Und eh' in's Thal des Abends Purpur scheinet,
Sind Ruthelm und Garlinde schon vereinet.

Sie leben lang im schönsten Liebesbunde:
So oft ein Kind die reizende gebar,
Naht jenes Mütterlein zur Morgenstunde,
Und reicht als Pathin ein Geschenk ihm dar,
Doch von der Leiter ging die falsche Kunde
Noch Jahren, daß der bösen Geister Schaar
Am Kedrich sie gestellt; man sprach es weiter,
Um darum heißt sie noch die Teufelsleiter.

K. Geib.

II.

„Herauf, herauf, wen's lüstet, die Bahn
Des luftigen Felsen zu wagen!
Setzt Adlersflügel den Rossen nur an,
Im Sturm euch zum Himmel zu tragen!
Schon rüst' ich das Brautbett, wer mag es besteigen?
Mit luftigem Springen ist's bald zu erreichen!“

So lachte der Räuber Gertrudens in Ruh,
Hoch stehend auf trotzenden Zinnen,
Wo frech auf den Buhlen da drunten er schaut,
Indeß in dem Thurm tief innen
Die Jungfrau verlorne Liebe beweinet,
Die jüngst erst mit Kedrich von Lorch sie vereinet.

Einst warben um ihre gepriesene Hand
Der edelsten Jünglinge viele:
Jetzt sitzt sie in einsamer Felsenwand,
Den Fluthen des Jammers zum Spiele;
Es wogt ihr im Busen, wie Wirbel sich drehen
Im Rhein, wann die Wogen das Ufer verschmähen.

Vom Raube der edlen Jungfrau erschallt
Auf allen Burgen die Kunde.
Da ziehet des Ruhms und der Liebe Gewalt
Die Tapfersten hin aus der Runde:
Doch wer sich erdreistet, zur Höhe zu schauen
Den bannet zum Fels vor dem Felsen das Grauen.

Deß lachte der Räuber in sicherer Ruh:
„Frisch auf! und das Mägdlein errungen!
Es winket euch hinter dem Gitterlein zu;
Frisch auf mit dem Rosse gesprungen!"
Da treibt es die Kühnsten in Tod und in Wunden;
Doch wird der Erklimmer wohl niemals gefunden?

Und trägt es, o Kedrich, dein liebendes Herz,
Wenns droben am Fensterlein winket?
In wilde Verzweifelung löst sich dein Schmerz,
Der Schimmer der Hoffnung versinket.
Du hast ja zum Tode den Sprung nur zu wagen!
Doch nein! an der Rettung ist nie zu verzagen.

„Gertruden zu retten, sei nicht allein
Der Leib, sei gewagt auch die Seele!"
Bei mitternächtlichem Mondenschein
Ruft er aus der flammenden Höhle
Den ewigen Feind, der zum Raub ist bereit,
Und schwört sich von Himmel und Seligkeit.

„Hier hast du die Handschrift, gezeichnet mit Blut!"
„Was soll ich dir, Ritter, besorgen?"
„Zur Höhe dort will ich mit Sturmeswuth
Am ersten ergrauenden Morgen!"
„Ein Wort! Hier hast du die männliche Rechte!"
Kalt schauerts dem Ritter, wie nie im Gefechte.

Hin schleichen die Stunden der zögernden Nacht;
Jetzt glänzt auf den Harnisch mit Blitzen

Der junge Tag, der im Osten erwacht,
Vergoldend die ragenden Spitzen
Der Burg, die die Wolken, die himmlischen, theilet,
Wo Liebe, die hoffnungslosesste, weilet.

Das Roß steht schnaubend, sein Nießen ist Licht,
Und Dampf entsteiget der Nasen;
Gluth ists, die mit Macht aus den Augen ihm bricht,
Es scheint mit dem Hufe zu rasen,
Und hebt sich und bäumt sich und wiehert nach oben;
Der Satan scheint sichtbarlich in ihm zu toben.

„Ich spüre den Helfer, du bist mir nicht weit!
Bist dus, ist auch fertig der Reiter:
Leb wohl denn, o Himmel und Seligkeit,
Leih du mir, o Teufel, die Leiter!
Mein Rappen ist muthig, wie ich, zu erklimmen,
Wird mit mir dereinst auch im Schwefelpfuhl schwimmen!"

Der edle Gefährte verweigert den Sporn,
Und horch! ein unendliches Brausen
Beginnt urplötzlich den nackenden Dorn,
Den laubigen Busch zu zerzausen!
Der Rhein in den rasendsten Wirbeln zerschellet
Sich Wog an Wog, und die Felsenkluft bellet.

Der Sturm erhebt das Roß auch im Schwung,
Wie der Aar zu dem Himmel entsteiget;
Nur dreimal schlägt es den Felsen im Sprung,
Der unter ihm donnernd entweichet;
Beim vierten, ganz sicher, das Ziel zu gewinnen,
Springts freudig schon über die trotzenden Zinnen.

„Hernieder vom Söller, das Rößlein ist da!
Ists nicht recht wacker gesprungen?
Gertrudens Ritter und Rächer ist nah,
Nun frisch auf das Roß dich geschwungen!"
Der Räuber entsetzt sich, doch greift er zur Wehre,
Wie Einer, unsträflich an Sitte und Ehre.

Vom Klirren und Rasseln erschallet das Schloß,
Vom Hufschlag beben die Hallen;
Wie Männern und Rossen der Schweiß auch entfloß,
Doch zögern die Loose, zu fallen.

Allein wie die Schalen auch sanken und stiegen,
So mußte der luftige Reiter doch siegen.

Der Räuber sank fluchend dahin in den Staub;
Deß freuet sich Satan und windet
Sich schnell aus dem Roß, faßt gierig den Raub,
Der gleichsam im Fluge sich findet,
 Herr Kedrich, Ade nun, aufs Wiedersehen;
„Auch wir wohl werden ein Gänglein einst gehen!"

„Seis drum, und Dank für den herrlichen Ritt!
Was dein ist, das sollst du auch erben;
Doch ist's ja im Kaufe bedungen nicht mit,
Mir jetzt schon die Lust zu verderben
Mit langem Geschwätze; geh gleich mir von hinnen,
Mich ruft es zum Mägdlein, zu holdigem Minnen!"

Der Ritter entflieget zur Liebeslust:
„Hier bin ich, dein Kedrich!" Da beben
Dem Mägdlein die Kniee, der Hauch der Brust
Steht plötzlich, es zucket das Leben;
Sie fällt in den Arm ihm, den liebenden, heißen,
Indeß ihr die Bande des Herzens zerreißen.

Was ist dir, o Liebchen? Erwache geschwind,
Zum luftigen Söller zu eilen!"
Ein Hauch, wie durch Blätter der leiseste Wind,
Will noch auf den Lippen ihr weilen.
Jetzt flieht er; der Himmel, die Seele zu retten,
Will nicht den Mann des Verderbens sie ketten.

Er rüttelt sie mächtig, er rufet ihr laut;
Stumm bleibt sie, es regt sich kein Leben:
Um's bleichende Antlitz der süßesten Braut
Scheint Engelsfriede zu schweben.
Der Ritter will beten; hin ist sein Vertrauen,
Versteinert nur kann er die Selige schauen.

So saß er mit Wahnsinn im starrenden Blick,
Dann zuckt er sein Schwert mit Entsetzen:
„Da du mir, o Himmel, verkehrt mein Geschick,
So soll die Hölle sich letzen!
Er drehte sich grimmig das Schwert in die Seite,
Und schnell erscheint ihm das schwarze Geleite.

Es sammelt das Volk sich, man starret und weint:
„Wer schlug denn den kecklichen Reiter?"
„Kein Andrer, als der es nur trügerisch meint,
Der hat ihm geliehen die Leiter!"
Drum nennt man auch Teufelsleiter mit Grauen
Den Fels; von dem Roß ist der Zaum noch zu schauen.

G. C. Braun.

III.

Mit dem heil'gen Kreuz geschmücket,
Zog in's Land der Sarazenen
Gilgen Lorch²⁴), ein deutscher Ritter,
Von des Rheinbergs altem Schlosse,
Wo auf steilem Felsengipfel
Seiner harrte Frau Gertrudis.
Länger nicht im fernen Lande
Bleibt er fern von seiner Holden
Kehret heim auf schnellem Schiffe,
Sieht wie Rheinbergs Fels und Zinnen
Stattlich ihm entgegen blicken.
Aber fremde Zeichen tragen
Reisige, die Damm und Mauer
An des Berges Fuß bereiten,
Und erstaunt befragt er diese.
„Heinz der Wilde," ist die Antwort,
„Haust dort oben; Gilgen Lorch kann
Sich sein Ehweib wieder holen,
Wenn er dieses Berges Gipfel
Hat erreicht im schnellsten Rennen!"
Ha, wie warf er da die Augen,
Glühend um und um im Kopfe!
Ha, wie zischten aus der Scheide
Da des Schwertes Flammenblitze!
Doch der Unhold auf dem Felsen
Lachte deß mit lautem Hohne,
Und des Ritters Augenglühen
Wandte sich zu düstrem Starren,
Und des Schwertes Flammenspitze
In der Mitternächte Grausen
Zog im Sande Zauberkreise. —

Sieh! und plötzlich seinem Rufen
Trat hervor aus Schütt und Moder
Nah an eines Sumpfes Gähren
Ein gebeugtes, altes Männlein,
Graus gestaltet zum Entsetzen.
Aber Lorch, voll Wuth und Liebe,
Scheute nicht die Teufelsfratze,
Ruft: „Auf, auf, du alter Unhold,
Schaff im schnellsten Flug zur Stelle
Einen Gaul, der Teufelseile
Mir zum Felsenritt besitzet!"
Laut aufwieherte das Männlein,
Hob den Nacken hoch gewaltig,
Und die zottig schwarzen Haare
Flatterten von Haupt und Schulter,
Schnell zur Mähne umgestaltet,
Und es ballten sich die Krallen
Fest zum Hufe, der die Felsen
Schlug, daß Funken aufwärts zischten.
Da mit Grauen und mit Wüthen
Schwang der Ritter sich behende
Auf des Teufelsrosses Nacken.
„Gute Fahrt!" rief eine Stimme
Kreischend aus des Rheines Tiefen,
Schickte nach ein wild Gelächter,
Und der Rappe und der Ritter
Sausten von des Berges Fuße
Schnell hinan zum steilen Gipfel. —
Heinz der Wilde, stand vom Donner
Angerühret, und des Feindes
Schwerthieb schlug ihn gar in Stücke.
Da vor Schrecken Frau Gertrudis
Eilt herbei und sieht den Theuren,
Sinket nieder, ruft in Ohnmacht:
„Nicht mit Menschenkraft erlanget
Hast du deines Lebens Freuden,
Bist dem Bösen heimgefallen!
Jesus Christus sei dir gnädig!"
Rufts und sinkt entseelet nieder. —
Ach, als Gilgen sieht die Schöne
Niedersinken und erbleichen
Und zum Tode gar erstarren:

„Arger Teufel," ruft er zürnend,
„Höllisch hast du mich betrogen!
Sätt'ge deine wilde Rache!"
Stößt das Schwert sich in den Busen,
Und die schwarze Seel entführet,
Kreisend durch die Luft, der Böse,
Schlägt mit wildgewaltgem Hufschlag
An des Thurmes hohe Zinne,
Und das Schloß versinkt in Trümmer.

W. Smets.

Die Kreuzkapelle.

Es glänzt der Sonne erster Strahl
Hoch ob des Kedrichs Gipfeln;
Die Wisper murmelt sanft durchs Thal,
Die Winde in den Wipfeln.
Da schleicht an schwerer Krücken Last
Ein Mägblein zur Kapelle,
Wo Manchen schon des Herzens Prast
Verließ an heilger Stelle.
Sie wirft sich auf das Angesicht
Vor des Erlösers Bilde,
Das in des Morgens Rosenlicht
Gar freundlich strahlt und milde.
Und heißer bringt der Armen Ruf
Zum Himmel heute wieder:
„Herr, der so herrlich Alles schuf,
Gib mir gesunde Glieder!
Gib, daß die Noth, die mir vergällt
Des Lebens Lust, sich stille;
Doch wenn es anders dir gefällt,
Geschehe, Herr, dein Wille!"
So gießet lange inbrunstvoll
Das Herz sie aus, das reine,
Und manche heiße Zähre quoll
Wohl auf die kalten Steine.
Noch scheint kein neuer Lebensgeist
Die Glieder zu durchzücken;

Sie greift geduldig, wie zumeist,
Nach ihren schweren Krücken.
Doch hebet sie die Blicke kaum
Empor zum Kreuzesbilde,
Da strahlt von Glanz des Kirchleins Raum
Gar himmlisch hehr und milde.
Die Kerzen sieht ihr trübes Aug
Von selber sich entbrennen;
Es weht ein wunderbarer Hauch
Ihr durch die welken Sennen
Verschwunden waren Schmerz und Weh,
Wie neubelebt die Glieder;
Und leichter hüpfte als ein Reh,
Sie kindisch auf und nieder.
Doch eh sie ging, sank andachtsvoll
Sie nieder vor dem Bilde,
Und ihres Dankes Jubel scholl
Weithin durch die Gefilde.
Die Krücken hing sie dankbar auf
An der geweihten Stelle;
Es blieb ihr schönster Lebenslauf
Der Gang zur Kreuzkapelle.

Alois Henninger.

Das Wisperthal.

I

Rings tönet durch Büsch und Wälder der Vögel Melodei;
Drei Kaufherrn ziehn durch die Felder gar lustig im grünen Mai.

Dort ziehn die jungen Fante, von Nürnberg kamen sie her,
Wo man die Späße schon kannte der Herren, oft fad und leer.

Von reichen Vätern die Söhne, auf Reisen fern gesandt,
Betreten sie nun das schöne, das edle rheinische Land.

Das Kleeblatt ist nicht träge: manch Neues wird ausgeheckt,
Und hier ein Bauer am Wege, dort eine Dirne geneckt.

Doch Rittern und reisigen Leuten neigt Jeder sich stumm und fein
Und lacht, sobald sie im Weiten, wohl albern hintenbrein.

Einst als sie lärmen und zechen zu Lorch im Gasthoffaal
Da hören sie Vieles sprechen vom nahen Wisperthal.

Wie Keiner sich hin soll wagen, wie Mancher darin bestand
Seltsames Necken und Plagen und Mancher sogar verschwand.

„Ha, Spaß!" ruft Thoms, der Eine, „kommt! seht, was dorten sei!"
Drauf Kunz: „Ja wohl! ich meine" — und Veit: „Ich bin dabei!"

Jetzt eilen sie unter Scherzen mit vielberedtem Mund,
Doch etwas Pochen im Herzen hinab zum walbigen Grund.

Bald hinter den wilden Sträuchen erscheint ein Felskoloß,
Umkränzt von rauschenden Eichen; er bildet ein hohes Schloß.

Und sieh! aus den Fenstern schauen drei Jungfrauen, schön und fein,
Und rufen, wie im Vertrauen, „Bst, Bst!" den Kaufherrlein.

Die sprechen: „Nun hats nicht Eile! Kein Ungethüm sich beut:
Den Mädchen wird lange Weile; vertreiben wir ihnen die Zeit!"

Sie gehen durch schmale Thüren und tappen im Finstern lang;
Zur Vorhall endlich führen will, schwach erhellt, ein Gang.

Doch neues Dunkel erschrecket die Abenteurer allhier,
Bis Veit auf Einmal entdecket im Winkel noch eine Thür.

Man öffnet: siehe! da schimmert ein tausendfältiger Strahl,
Daß jenen vor Augen es flimmert; doch treten sie in den Saal.

Ha! Spiegel an allen Wänden; bazwischen fehlet es nicht
An Kerzen und Lampen, die sandten umher ein farbiges Licht.

„Willkommen!" so rufen entgegen die Jungfraun, bietend die Hand;
Da stehn die Gesellen verlegen, weil sich ein Wunder fand.

In jedem Spiegel erblicken sie tausend Mädchen; heraus
Schaun alle, grüßen und nicken und lachen die Gaffenden aus.

Ein Tritt nun plötzlich erschallet: es naht ein stattlicher Greis,
Von schwarzem Talar umwallet, den Bart, wie Silber, so weiß.

Er spricht; „Wohl seid ihr gekommen, hier meine Töchter zu frein?
Das soll euch, Jünglinge frommen! kein Händler will ich sein.

7

An Gold, daß keinen es reue, steur ich breitausend Pfund."
Da lachen die Mädchen auf's neue, stumm blieb der Jünglinge Mund.

„Ein Jeder die Seinige wähle!" ruft jetzt in donnerndem Ton
Der Alte; mit bebender Seele naht auch das Kleeblatt schon.

Nach einem der Mädchen führet ein jeder nun die Hand
Ganz artig und — berühret den Spiegel an der Wand.

Drauf sagt der Vater mit Lachen: „Entsetzt euch nicht, ihr drei!
Bequemer will ich es machen!" und führt die Schönen herbei.

Da fühlen die Herrn ein Erwarmen, auf Angst folgt lustiger Muth,
Und als sie die Holden umarmen, faßt jeden verwirrende Gluth.

Der Greis darauf: „Es flogen drei Lieblingsvögel fort,
Die meine Töchter erzogen; auf! bringt sie an diesen Ort!

Dann soll die Wiedergabe Beweis der Liebe sein:
Staar ists und Elster und Rabe, wohl weilen sie noch im Hain.

Am Räthsel sollt ihr erkennen den Staar, die anderen zwei
Erzählen und singen." — Da rennen zum Walde hinein die drei.

Nach großem Bemühn und Erhitzen bleibt jeder voll Aerger stehn;
Mit Einmal die Vögel sitzen auf einer Buche sie sehn.

Sie jubeln: „Hinweg mit der Klage! erfüllt ist der Schönen Begehr!"
Thoms ruft in Freuden: „O sage, Staarmatz, dein Räthsel her!"

Der Staar auf die Schulter ihm flieget und fragt: „Was trägt
                                                        dein Gesicht,
Das, wenn er auch nie dich belüget, doch zeigt dein Spiegel nicht?"

Kunz ruft: „Laß, Rabe, nun hören, wie uns dein Liedchen erklingt?"
Der Rab erfüllt sein Begehren, fliegt ihm auf den Kopf und singt:

„Drei Gecken ferner zogen und dachten auf ihrem Gaul:
Im Schlaraffenland kommen geflogen gebratne Vögel ins Maul!

Sie flogen den dummen Laffen ans Maul und nicht hinein:
Zu groß sind im Land der Schlaraffen die Vögel, die Mäuler zu klein."

„Nun, Elster, deine Geschichte!" ruft Veit. Die Elster sinnt
Mit deutungsvollem Gesichte, fliegt ihm auf den Arm und beginnt:

„Großmutter war Elster, es kommen von ihr die Elstern im Hain;
Hätt nicht der Tod sie genommen, sie würd am Leben noch sein."

Wohl Freude die Herrlein empfanden; sie denken, mit leichtem Glück
Sei ihre Probe bestanden, und gehen mit den Vögeln zurück.

Schon herrschet die Nacht im Thale; zum Schloß gelangen sie — Ha!
Nicht Spiegelwänd in dem Saale, nicht Jungfraun sind mehr da.

Nur düstere Mauern und Nischen erblickt man im Dämmerschein;
Doch zeigen sich auf drei Tischen viel Speisen und funkelnder Wein.

Drei Mütterchen, alt und der Zähne beraubt, entwackeln der Wand
Und reichen mit heißerm Getöne den Fremden die welkende Hand.

„Ach! unsere Freier! Willkommen!" Sie rufens und haben alsbald
Die Bursch in die Arme genommen, daß diesen wird heiß und kalt.

Wie schnattert im Runzelgesichte der Mund! Wie der Vogelverein
Mit Räthsel, mit Lied und Geschichte! Welch Piepen, Geplauder und
Schrein!

Die Fraun nun ziehn die Betrübten zum Tisch, wo das Gastmahl blinkt,
Und quäcken: „Mit euch, ihr Geliebten, nun leben wir, eßt und trinkt!"

Doch keiner kostet vom Mahle; der Streich zu hart ihn traf:
Nur leeren sie rasch die Pokale und — sinken in tiefen Schlaf.

Erst mit dem sonnigen Strahle erwachen sie alle zugleich,
Und — liegen im Felsenthale in Gras und wildem Gesträuch.

Mit Müh auf die Beine erhoben, gehts weiter in Zorn und Scham,
Derweil aus den Bäumen da oben „Bst! Bst!" herniederkam.

Die Köpfe der alten Frauen, so scheint es unsern Drei'n,
Aus jeglichem Wipfel schauen; doch endlich ist man im Frei'n.

Auf einer Ulme dort saßen noch Rab und Elster und Staar,
Die singen, erzählen und spaßen, wie's jenen bekannt schon war.

Im Feld erblicken sie Leute; das hebt den gesunknen Muth,
Sie rufen, den Vögeln zur Seite, Schimpfwörter in drolliger Wuth.

Da kommt aus des Waldes Mitten, am moosigen Felsen, daher
Ein wackerer Förster geschritten mit Hunden und Jagdgewehr.

Nach Grüßen von allen Dreien spricht Thoms zu ihm: „Mein Freund!
Oft hört ihr die Vögel schreien; wißt ihr, was jeglicher meint?" —

„Ja wohl! Manch luftiger," versetzet der Jägersmann,
„Bekam schon eine Nase, die Niemand sehen kann.

Das Liedlein von den Schlaraffen enthält nur den Verstand:
Fangt nicht mit dem Maul, ihr Laffen, die Vögel; allein mit der Hand!

Was von Großmutter erfahren ihr habt in diesem Bereich,
Das melden nach vielen Jahren auch wohl die Enkel von euch!" —

Da ziehen die armen Wichte vom unglückseligen Ort
Mit sehr verblüfftem Gesichte auf ihrer Straße fort.

Und denken in dieser Stunde: das war ein schlimmer Plan!
Ja, kommts aus dem schönsten Munde, wir hören kein „Bst!" mehr an."

Wer jetzt nach den waldigen Gründen hinwandert wohl einmal,
Wird friedliche Hütten nur finden im einsamen Wisperthal.

K. Geib.

II.

(Der Rächer)

Ein Wandrer zieht im Abendstrahl
Durchs waldumrauschte Wisperthal,
Er trägt ein Schwert gar lang und breit,
Drin funkelt hell sein rothes Kleid.

Bald kommt er an die Felsenschlucht,
Wo sich die Werk den Ausgang sucht,
Rechts schaut die Kammerburg herab,
Links Rheinberg, manches Pilgers Grab.

Dann tönt es rauh: „Halt an Gesell,
Woher und auch wohin so schnell?"
Die Antwort dumpf entgegen hallt:
„Woher — wohin? du weißt es bald. —

„Rheinberger zieh' das Schwert heraus,
Hast du bestellt dein Räuberhaus?
Du schlugest mir den Bruder todt,
Nun kommst du selbst in Todesnoth." —

„Und schlug ich todt den Bruder dein,
So wirst du heut noch bei ihm sein!" —
Er zieht das Schwert und kämpft gewandt,
Der Wandrer schlägt's ihm aus der Hand.

„Wer bist du," sagt der Ritter bleich,
„Halt ein, ich mach dich groß und reich" —
Der Rothe reißt ihn um und lacht:
„Brod hat mir stets mein Schwert gebracht.

„Scharfrichter bin ich manches Jahr,
Dir nehm ich nun den Helm fürwahr!" —
Und Blut floß in der Felsenschlucht,
Wo sich die Werk den Ausgang sucht.

A. v. Stolterfoth.

Der Wisperwind. [25])

Wo kommst du her, o Wisperwind,
Bald rauh und wild, bald frühlingslind,
Wo kommst du her? Treibt dich aus tiefem Schacht
Ein Gnomenfürst gewaltig in die Nacht?

Sag mir wohin, o Wisperwind,
Geheimnißvolles Thaleskind,
Wo ziehst du hin? Ziehst du im Abendgold
Zum Rhein hinab, der stolz vorüberrollt?

Ich zieh hinab zum Rhein, zum Rhein,
Im Morgenroth, im Abendschein,
Thalauf, thalab! da wallt die Spiegelfluth,
Da lüft ich rasch dem Wandrer seinen Hut.

Und schleicht stroman ein müdes Schiff
Am weißbeschäumten Felsenriff

Vorbei die Bahn; dann Leine los, es gilt,
Die Wimpel flattern und das Segel schwillt.

Oft braus ich laut um Hattos Thurm,
Dann jagen Geister sich im Sturm,
Von Nacht umgraut; und oft im Mondenglanz
Wieg Elfen ich im Rebenblüthenkranz.

Doch flieht die Nacht von Thal und Berg,
Und haben Elfen, Gnom und Zwerg
Ihr Werk vollbracht, dann flieh auch ich den Rhein,
Und flüstre leis: „Es muß geschieden sein!"

Adelh. v. Stolterfoth.

Rheinberg.[26]

Kommt eine junge Maid gegangen
Mit Muschelhut und Pilgerstab;
Ihr Blick ist trüb und bleich die Wangen,
Sie suchet ihres Liebsten Grab.

Er gab ihr einst in schönren Tagen
Der Treue Schwur und hielt ihn nicht,
Lebt er beglückt, sie hätts ertragen,
Doch seinen Tod erträgt sie nicht.

Und wo des Rheinbergs Thüren schaun
Hoch übers wilde Wisperthal,
Da zeigt ein Landmann ihr, voll Grauen,
Wo ihn getroffen Feindesstrahl.

Da ruht er in dem lockren Grunde,
Des Landes Furcht, der wilde Graf;
In seiner Brust die Todeswunde,
So schläft er nun den längsten Schlaf.

Er ist im kühnen Kampf gefallen
Mit Bischof Werners Uebermuth.
Veröedt nun sind Rheinbergs Hallen,
Verheert sein Land, geraubt sein Gut.

Es blieb kein Freund ihm, kein Getreuer,
Die Bundsgenossen fielen ab;
Doch — einem Herzen ist er theuer,
Rauscht gleich der Bannfluch um sein Grab!

Gebete tönten nicht und Lieder,
Weihwasser netzt die Stelle nicht;
Doch heil'g Thränen fallen nieder,
Umdunkelnd ihrer Augen Licht.

Und mit dem schwachen Pilgerstabe
Gräbt sie ein Eichenbäumchen aus,
Pflanzt es zu Häupten an dem Grabe
Und wandert fort ins Gotteshaus.

Doch wann in stillen Klosterhallen
Sie ausgeträumt den Lebenstraum,
Wann längst des Ritters Grab zerfallen,
Dann rauscht noch stolz und schön der Baum.

A. v. Stolterfoth.

Der Stein im Rhein.

Reichbefrachtet mit bekränzten Zechern,
Schwankt durch seichte Fluthen dort ein Kahn
Und an einem Felsen legt er an,
Und sie steigen aus mit vollen Bechern.
In den Händen Thyrsusstäbe,
Grünumschlungen von der Rebe,
Opfern da die heitren Römerknaben
Des ersiegten Landes erste Gaben.

Evoe Bacchus! guter Gott der Reben,
Dem kein Tempel noch zum Himmel ragt,
Wo dies rauhe deutsche Volk es wagt,
Deiner Macht und uns zu widerstreben:
Aus der silberklaren Welle
Hebt sich hier an alter Stelle
Dein Altar, ein deutungsvolles Zeichen,
Daß du segnend kommst zu diesen Reichen!"

Und es muß der schwarze Widder bluten
Auf dem frühgeweihten Opferstein;
Reich vermischt mit Muskatellerwein,
Strömen jetzt zum Rhein die heil'gen Fluthen:
„Evoe!" hallts von jedem Munde
Zu den Bergen in der Runde;
Aber in den raschentglühten Flammen
Fällt des Opfers Leib in Staub zusammen. [27])

A. v. Stolterfoth.

Kaub. [28])

I.

Vergebliche Belagerung Kaubs.

(1504.)

Die Jar von crist geburt man zalt
  funffczehenhundert vnd vier alt
Von sontag nach mari himlfert
  wart cub sechsthalb wochen belegert
Mit ganczer macht vnd herescrafft
  durch hessen die lautgraveschafft
Nvn hundert steyn gehauwen
  als Jr die goisz hie wol schauwen
Vnd echt hundert drissig echt gegossen
  sint fonden worden von den verschossen
Oen die zerbrochen vnd verloren syn
  auch etlich versuncken jn dem ryn
Vnd wie wol dasz Schlosz nit war erbuwen
  als er sit der züt her von nuwen
Von pfaltzgrave ludwig worden berest
  noch danach musten die frembde gest
Cub by der paltz lassen bliben
  das wir gottes gnaden zu schriben
Vnd auch der werhafften handt
  dies beselt all vatterlandt.

Steininschrift.

II.

Ihr Männer Caubs, warum vergeßt
Ihr eures Heil'gen, Theonest?[29])
O säht ihr euer altes Siegel:
Da treibt er auf des Rheines Spiegel
In jener Kufe sanft hinab,
Die Caub erst einen Namen gab.

In Mainz gemartert bis zum Tod
Besargt in lecker Kufe Boot,
So wiegen ihn die grünen Fluthen
Und wecken neue Lebensgluthen:
Er fühlt sich heil, das Wasser bringt
Nicht ein zu ihm, der Feuer bringt.

Der Salm umhüpft den seltnen Kahn,
Ihn lachen alle Hügel an,
Das Rheingau grüßt mit freud'gem Rufe
Den heil'gen Mann und seine Kufe,
Aufjubelnd rauscht der Niederwald,
Im Nahthal jauchzt ihm Jung und Alt.

Nun schnellt er durch das Binger Loch,
Der Rheinstein denkt: „O käm er doch!"
„Gefiel es ihm, bei uns zu hausen!"
Erseufzen Lorch und Trechtingshausen.
„Erwählt er unser warmes Thal!"
Ruft Bacharach und Steeg zumal.

Ihr alle haltet ihn nicht fest,
Bei Caub erst landet Theonest:
Er pflanzte mit dem Christenglauben
Bei Caub die ersten süßen Trauben;
In seiner Kufe preßt er sie:
Ihr Cauber, das vergeßt ihm nie!

Wann feiern wir St. Theonest?
In den October fällt sein Fest,
Wann aus der Kufe Todesbanden
Der junge Wein ist auferstanden.
Ja, wenn ihr um die Kelter tanzt,
Dann denket des, der ihn gepflanzt.

K. Simrock.

Blüchers Aebergang über den Rhein bei Caub.³⁰)

(1813.)

Viel Jäger sitzen beim Weine,
  Sie rasten auf edler Jagd
Vor Caub am deutschen Rheine
  In der Silvesternacht.
Die alten Sterne blinken
  Nun wieder hell und klar,
Den Scheidegruß sie winken
  Dreizehn, dem Siegesjahr.

Wo sah man froher zechen
  Das heiße Rebenblut?
Und welch ein Singen und Sprechen
  Im rüst'gen Kampfesmuth!
Sie reden von alten Rechten
  Und schlürfen den alten Wein
Und dürsten nach neuen Gefechten,
  Denn morgen gehts über den Rhein.

Den Schnurbart streicht der Krieger:
  „Hoch Hochheim und noch einmal!
Nie fülle fremdem Sieger
  Fortan sein Gold den Pokal!"
Sie trinken in der Runde
  Hochheimer Dechanei
Und jubeln in frohem Bunde:
  „Deutschland für immer frei!"

Der Fähndrich kredenzt aufs Neue:
  „Mein Hoch den deutschen Fraun!
Glückauf der Liebe und Treue
  In allen Marken und Gaun!"
Die vollen Gläser kreisen:
  „Wir wollen mit gutem Schwert
Den fremden Gecken beweisen,
  Wer solcher Frauen werth!"

Der Hauptmann spricht bedächtig,
  Es klingt, wie Seherton:

„Die nur als Einheit mächtig,
  Der einigen Nation!"
Sie schwenken die Federhüte
  Und reichen sich die Hand:
„Aus treuem, deutschem Gemüthe
  Dem einigen Vaterland!

Der Oberst, die Hand am Degen:
  „Hurrah! dem Leipziger Tag!
Nun gilt es, auszufegen
  Den Rest der alten Schmach!"
Die Gläser klingen und springen,
  Die Schwerter werden blank,
Es kreuzen sich die Klingen:
  „Hurrah, es bebe der Frank!"

Zum Marsch die Hörner schallen:
  „Auf, auf, jetzt über den Rhein!
Doch muß dem Blücher vor Allen
  Noch eins getrunken sein!"
Aufjubeln die fröhlichen Zecher!
  „Wie er es uns verhieß,
Wir trinken den nächsten Becher
  In der feinen Stadt Paris!"

K. Bölsche.

II.

„Gott mit uns! und nun zu Schiffe,
Du getreue Preußenschaar!
Steuert um die Felsenriffe
Glücklich mit dem Königsaar!"

Riefs, der kühne, greise Sieger,
Marschall Blücher, durch die Nacht,
Und es jubeln seine Krieger:
„Gott mit uns! so wirds vollbracht!"

Wilde Winterstürme brausen
Um die hohe Pfalz im Rhein,
Und die dunklen Schiffe sausen
In den Wogenkampf hinein.

Horch, da schlägt die zwölfte Stunde,
Und das Jahr beschließt die Bahn;
Jubel tönt aus jedem Munde,
Und die Gläser klingen an.

Aber sieh! ein erster Zecher,
Gleich den Helden alter Zeit,
Schleudert seinen vollen Becher
In den Schwall der Wogen weit.

Denn er hörts mit dumpfem Grimme,
Daß ein langes Jahr vorbei:
„Vorwärts!“ ruft die Schlachtenstimme,
„Noch ist unser Rhein nicht frei!“

A. v. Stolterfoth.

Gutenfels.[31]

Aus seiner Felsenburg in Caub zieht Graf von Falkenstein,
Und Guta, seine Tochter, folgt im stolzen Zug am Rhein.
Er will mit ihr nach Frankfurt reiten, wo lange schon in voller Zahl
Des deutschen Reiches Stände streiten um eine neue Kaiserwahl.
Und Ritterspiel und Festgelag verkürzen dort die Zeit:
Den schönen Frauen war, wie heut, der Männer Herz geweiht.
Doch unerhört blieb jedes Flehen um Gutas Herz und ihre Hand;
Kein schönres Weib ward mehr gesehen, kein edleres im deutschen Land.
Denn einem britt'schen Ritter folgt gefesselt schon ihr Blick;
Er reitet stets aus jedem Kampf als Sieger stolz zurück.
Sein Auge sucht die Maid vor allen, sie scheint ihn liebend zu verstehn;
Und ihren Handschuh läßt sie fallen, er fliegt herbei, er hats gesehn.
Und beugt das Knie vor ihrem Sitz und hebt sein Haupt entzückt:
„O dürft ich euer Ritter sein, wie wär mein Herz beglückt!
Darf ich am Helm den Handschuh tragen, der eurer schönen Hand entfiel?
Er stärke mich zu jedem Wagen, in blut'gem Ernst und heitrem Spiel!“
Und Guta mit verschämter Gluth gibt ihm Gewährung mild.
Wer ist er doch, der schöne Held? Er führt den Leun im Schild!
Der Bischof Conrad kennt den Ritter, turnieren darf er auf sein Wort;
Er zog herbei, wie ein Gewitter, nun braust er, gleich dem Wald-
                                                    strom, fort.
Und er gewinnt den schönsten Dank aus edler Frauenhand;

Doch Gutas Handschuh dünkt ihm mehr, als jeder goldne Tand.
Und Abends, wann der muntre Reigen im hohen Römersaal erklingt,
Da darf er oft zu ihr sich neigen, darf sagen, was sein Herz durchbringt.
Er schwört ihr seine Liebe bald, sie sagt ihm Treue zu.
„O Fräulein harrt drei Monde lang auf mich in stiller Ruh!" —
„Ich harre treu und will nicht wanken, begehrte selbst ein König mein!"
Er steht, versunken in Gedanken, und sagt: „Dann bin ich ewig dein!"
Doch schon nach wenig Tagen wird schön Guta trüb und bleich;
Verschwunden ohne Abschied ist ihr Freund aus fremdem Reich.
Bald hört sie: „Zu den Waffen!" schreien, geschehen ist des Spaniers
Wahl,
Und ach! im Kampfe der Parteien sank er vielleicht durch Feindes Stahl.
Trier hat mit Sachsen im Verein Alphons zum Herrn ernannt;
Gesandte werden abgeschickt zu ihm ins ferne Land.
Doch Mainz und Köln sie widersagen und Baiern will von bannen
ziehn,
Denn Deutschlands Krone soll nur tragen Richard von Cornwall,
reich und kühn.
Da kehrt zurück auf seine Burg der Herr von Falkenstein,
Und Guta schaut fünf Monde lang wohl auf und ab den Rhein.
Viel Freier nach vergebnen Bitten ziehn wieder heim auf ihrer Bahn;
Da kommt ein hoher Held geritten mit großem Zug und klopfet an.
„Mach auf, Herr Graf, die feste Burg, dein König Richard naht;
Bekämpft sind seine Feinde nun, geebnet ist sein Pfad."
Er kommt um Gutas Hand zu werben, will mit ihr theilen seinen
Thron!"
„O Herr, die wird vielleicht bald sterben, ist bleich und krank zwei
Monde schon!"
„So sagt ihr mein Begehren nur, Herr Graf von Falkenstein,
Sie wird gesund, die schöne Maid, von meiner Krone Schein!"
Der Vater geht mit trübem Schweigen und kehrt mit finstrem Ernst
zurück:
„Ihr kranker Sinn ist nicht zu beugen, sie dankt für das gebotne Glück."
Doch Richard nimmt den Helm vom Haupt, und höher klopft sein Herz:
„Bringt diesen Handschuh zu ihr hin, bald endet dann ihr Schmerz!
Als armer Ritter ohne Namen gewann ich ihre Liebe mir;
Doch feindlich wilde Stürme kamen und rissen mich hinweg von ihr."
Voll freud'gen Staunens ruft der Graf zu sich herab die Maid.
„Kennst du den Handschuh?" sagt er streng, „ist Liebesgram dein Leid?
Da kommt ein armer Ritter eben dicht hinter Richards Schaaren drein,
Der sagt, du habest ihm gegeben den Schwur der Treue, fest und rein!"
„Ja, theurer Vater, zürne nicht!" sagt sie mit leisem Wort,

„Ich schwur ihm Treue, fest und rein, die halt ich hier und dort!" —
„So schnell dem unbekannten Recken schwur einst die Gräfin Falkenstein?
Ha, Klostermauern mögen decken so thöricht eitle Liebespein!"
„Grüß deinen König!" sagt er jetzt und führt sie durch den Saal:
Da steht vor ihr im Königsschmuck der Ritter ihrer Wahl! —
Und selig sinken an die Herzen sich beide nun mit Jubelton;
Vergessen sind der Liebe Schmerzen und sie empfängt der Treue Lohn.
Verschwunden längst ist jene Zeit, und ihre Kinder ruhn,
Zerfallen trauert über Caub die stolze Veste nun.
Doch seit der schönen Guta Tagen ward Gutenfels die Burg genannt.
So melden halb verklungne Sagen dem Wandrer leis am Rheinesstrand.

A. v. Stolterfoth.

Die Pfalz bei Caub.[32])

I.

„Das Kämmerlein ist eng und klein!"
Sprach Otto der Erlauchte,
Zu Agnes, die in solcher Pein
Viel guten Trostes brauchte:
„Dich und die Amme faßt es kaum,
Die Sonne schielt nur in den Raum,
Und unten schlägt die Welle Schaum;
    Doch denk an deine Mutter!

Ihr diente Heinrich, Braunschweigs Sohn,
Den man den Welfen nannte,
Als zwischen Welf und Staufe schon
Die Fehd im Reich entbrannte.
Der Pfalzgraf Konrad gar vernahm,
Daß Heinrich oft nach Stahleck kam
Zu Agnes, denn so war der Nam
    Auch Agnes! deiner Mutter.

Der sich wohl listig nur erpicht
Wie er die Pfalz erwerbe,
Dem Staufenfeinde gönnt er nicht
Die Tochter und das Erbe.

Schön Agnes ist ein einzig Kind,
Man weiß, wie die zu hüten sind:
Da baut er dieses Schloß geschwind,
   Zu hüten deine Mutter.

Er baut es mitten in die Fluth
Mit Thürmen und mit Zinnen;
Da hielt er sie in strenger Hut
Vor aller Welfen Minnen.
Doch auf den Wassern Nächte lang,
Da seufzt und fleht es, wie Gesang:
Deine Mutter hörte gern den Klang
   Und deiner Mutter Mutter.

Die Alte sprach: „Ich weiß, was frommt,
Laß ihn ein Weilchen schmachten!
Doch wenn er mit dem Pfaffen kommt,
Ist Welf nicht zu verachten.
Mich dünkt doch besser Freund, als Feind;
Die Sonne Deutschlands heller scheint,
Wo Welf und Staufe sich vereint!"
   Dem folgte deine Mutter.

Man ließ ihn mit dem Pfaffen ein,
Der gab sie bald zusammen;
Mit vollen Wogen ging der Rhein
Doch kühlt er nicht die Flammen.
Da ward die enge Kammer weit,
Die Sonne strahlet Seligkeit,
Der Welfen und der Staufen Streit
   Versöhnte deine Mutter.

Der Pfalzgraf und der Kaiser zwar
Ergrimmten erst, die Staufen;
Doch weil es nicht zu ändern war,
So ließen sie es laufen.
Der Kaiser sprach: „Sam mir der Bart!
Das gibt Pfalzgrafen sondrer Art
Drum hütet fleißig und verwahrt
   Auf jener Pfalz die Mütter.

Von solchen Eltern stammest du,
Kein Pfalzgraf ward geboren;

Nun bringst du mir die Pfalzen zu,
Den du dir frei erkoren.
Und liebst du recht den Wittelsbach,
So schwindet bald dein Weh und Ach,
Und Raum genug hat dies Gemach
   Für eine frohe Mutter."

K. Simrock.

II.

Welches stolze Schloß entsteiget
Dort dem grünen Rhein?
Wenn die Fluth dem Ruder weichet,
Scheints belebt zu sein.
Wie ein Kriegsschiff kommts geflogen
Auf den schnell bewegten Wogen,
Streckt der Thürm und Thürmlein viele
Wind und Rhein zum lust'gen Spiele.

Laß die Leiter niederschweben,
Wo das Pförtlein winkt,
In der Vorzeit will ich leben,
Die schon grau versinkt:
„Dieses Kämmerlein, verborgen,
Ach, der Liebe Gram und Sorgen,
Liebestreu hats einst verschlossen,
Drum hats treu der Rhein umflossen."

Stilles Kämmerlein, ich weihe
Dieses Lieblein dir,
Und der Vorzeit Einfalt leihe
Ihre Töne mir!
Hoch zu Barbarossas Zeiten
Will ich meinen Flug jetzt leiten;
Mit der Wehmuth sanftem Trauern
Weilen zwischen diesen Mauern.

Damals war ein Zwist entbrennt
Zwischen Papst und Reich;
Wer sich Freund des Kaisers nennt,
Heißt mit Weibling gleich:

Aber Welf bekämpft mit Feuer
Kaisers Macht, der Kirche treuer,
Und im Streite zweier Namen
Wächst zum Baum des Hasses Samen.

Pfalzgraf Konrad war entsprossen
Aus der Staufen Blut,
Doch sein Mannsstamm war geschlossen,
Denn kein Sohn voll Muth
Sproßt ihm; eine Tochter blühte
Einzig ihm, für sie erglühte
Heinrich Welf, die mächt'ge Liebe
Eint, was sonst getrennet bliebe.

Einen aus dem Stamme wählen
Heißt das Kaiserhaus.
Welf, kannst du die Gluth verhehlen?
Wohl bricht Feuer aus:
Wie mans hüllet, wie mans heget,
Stärker wirds, je mehr gepfleget;
Auch des Vaters Blick gewahret,
Was sich Jedem offenbaret.

„Wohl will ich vom Buhlen ferne,
Dir ein Schlößlein baun;
Dort magst du den Mond, die Sterne
Und den Rhein beschaun:
Aber von des Buhlen Munde
Trenn ich dich zu dieser Stunde;
Wer die Schlange mag erwärmen,
Darf sich, wenn sie sticht, nicht härmen!"

Und von hartem Felsenbette
Steigt der Grund hervor;
Alles rührt sich um die Wette,
Thürmt mit Lust empor.
Bis der Giebel stolz sich hebet
Und das Dachwerk drüber schwebet;
Auch die Wetterfähnlein oben:
Lieb ist treu im Windestoben!

Lieb ist treu, wär auch von Eisen
Dieser Thürme Macht,

Lieb kann alle Bande reißen,
Dringt durch jede Wacht:
Traue nur der Mutterliebe,
Welf, denn was mit wildem Triebe
Unbedacht der Mann zerstöret,
Baut sie — und du wirst erhöret.

Mit dem Muschelhut und Stabe
Düster angethan,
Als käm er vom heil'gen Grabe,
Klimmet Welf hinan:
Von der Mutter warm empfangen,
Wird er froh und auch mit Bangen
Zu dem Mägdlein eingeführet,
Wo er nichts als Freude spüret.

Dort ists, in dem engen, stillen,
Lieben Kämmerlein,
Wo den Küssen Küß entquillen
Fröhlich lauscht der Rhein,
Heißt dann seinen leisen Wellen
Murmelnd Brautgesang entschwellen:
„Liebchen, wies so traulich düstert,
Drunten, wie so süß es flüstert!"

„Kindlein!" mahnt nicht ohne Sorgen
Jetzt die Mutter viel:
„Liebe bleibt ja nicht verborgen,
Dunkel ist ihr Ziel!
Rein soll euch der Himmel schauen,
Drum laßt euch vom Priester trauen;
Hat das Band der Herr gewunden,
Wirds von Menschen nicht entbunden."

Ewigkeit knüpft am Altare
Innig Hand an Hand,
Herz an Herz dem holden Paare
Mit geheimem Band,
Und der Liebe heftges Feuer
Lodert heiliger und freier;
Doch es drohn auch schon Gefahren,
Mög euch Gottes Schutz bewahren!

Sieh, nach Speier kommt gezogen
Friedrich und entbeut
Conrad seinen Gruß gewogen,
Der des Worts sich freut,
Und nach Speier eilt: sie halten
Sich die Hände, froh der alten,
Langbewährten Treu, und denken,
Alles wohl zum Ziel zu lenken.

„Meine Tochter ist geborgen,
Wohl im Thurm bewacht,
Und des Buhlen warme Sorgen
Hab ich so verlacht!" —
„Bring sie her, denn auf der Neige
Schwebt dein Stamm, daß frische Zweige
Er auf einem andern treibe,
Und am Rhein der Staufen bleibe!"

Conrad geht, die Kunde wecket
Bald das sel'ge Paar;
Doch die Mutter, ungeschrecket,
Nimmt der Stunde wahr,
Wo sie alter Lieb gedenket
Und die Rede klüglich lenket
Auf die Süßigkeit beim Minnen
Wies oft pfleget zu beginnen.

„Denke, wie du einst gekommen
Zu dem Heldenritt,
Wie du da den Dank genommen
Und mein Herze mit!"
„Wohl das waren sel'ge Tage,
Doch sie gleichen einer Sage,
Welche neu gar lieblich schallet,
Aber mit der Zeit verhallet!"

Conrad, unsre Tochter grünet
In der Jugend Glanz,
Weß sich Elternwunsch erkühnet,
Ward uns voll und ganz.
Jugend prangt drum frisch in Schöne,
Daß das Alter sich gewöhne,

8*

Mit der Jugend jung zu werden,
Hat sonst Leids genug auf Erden.

Einem edlen Mann gereifet
Ist ihr Alter schon;
Wer die rechte Zeit ergreifet —!"
„Weib, ein edler Sohn
Ist gewählt aus Staufens Blute,
Stolz, begabt mit hohem Muthe:
Friedrich wills!" — „Laß dich beschwören,
Mann, ein einzges Wort zu hören!

Vater, Mann und Vater, höre,
Agnes ist getraut!"
„Weib, du spottest meiner Ehre,
Ist sie Himmelsbraut?"
„Nein, der Mann ist ihrer würdig!"
„Staufen nur ist ebenbürtig!"
„Welf ists auch, im deutschen Reiche,
Wer ists, dem an Stamm er weiche?"

„Weib, du hast den Feind genähret
Unter meinem Dach!"
„Ist er erst an Lieb bewähret,
Folgt die Treue nach!" —
„Doch mein Wort ist längst gegeben!" —
„Willst du Gott denn widerstreben?
Gehe hin mich anzuklagen,
Alle Schuld will ich nur tragen!"

Und den Gatten überwindet
Ihrer Worte Kraft;
Eilig geht er und verkündet,
Was ihm Welf geschafft.
Friedrich senkt die düstren Brauen,
Furchtbar war er so zu schauen;
War sein Antlitz sonst voll Güte,
Schreckt es Jeden, wenn es glühte.

„Ha, ihr wollt die Wahrheit beugen!
Doch des Priesters Mund
Soll beschwören und die Zeugen
Jenen Frevelbund!"

Und sie schwören. — Friedrich leget
Nicht den Zorn, der wild sich reget.
„Hör," spricht Conrad, „sei zufrieden,
Was der Tochter ich beschieden!

Jene Kammer ihrer Liebe,
Düster, eng und klein,
Soll auch ihrer Muttertriebe
Erste Wohnung sein.
Und auf alle künftge Zeiten
Laß ich sie dazu bereiten,
Daß der junge Erb am Rheine
Hier zum ersten Male weine!"

Mit zwei Zeugen und der Amme
Führt er Agnes ein,
Und sie gab dem alten Stamme
Dort ein Töchterlein,
Das die Mutter hoch beglücket;
Auch ihr holder Name schmücket
Auf der Eltern Wunsch die kleine
Erbin vom Pfalzgrafensteine.

Fröhlich, wie im Rosengarten
Wächst ein Blümlein schön,
Deß die Hände fleißig warten —
Lustig sieht mans stehn,
Jeder bräch es mit Entzücken,
Aber einer kanns nur pflücken:
So schien Agnes holdig allen,
Doch nur er mocht ihr gefallen.

Baierns edler Fürst; drum weichet
Jeder Freier gern,
Und die schöne Agnes reichet
Ihm die Hand als Herrn.
Sieh! die Donau streckt dem Rheine
Ihren Arm zum Vereine;
Und von jenem Schloß bekamen
Viele Helden Erb und Namen.

G. E. Braun.

Gründung des Klosters Schönau. [35])

Ich hab mich des billich vermessen
Ehr, Lob vnndt Preiß nicht vergessen
Von dreyen Abelern wohl erzogen
In einem Nist, ist nicht erlogen
Was diese drey brüder haben gestifft
Bin ich erfahren wohl durch ihr schrifft
Rupertus, verstandt mich auch recht
Ein Bischoff zu Maintz vnndt Gottes Knecht
Dudo zu Lippurg eyn selzam Dinck
Das man izundt Nenndt vff dem Rinck
Da wohnten eins Ritter vnndt Knecht
So izundt da wohn Azelln vnndt Specht
Trutthwinus dieß Lanz recht Patrohn
Von Laurenburck der Edell Baron
Als der mitt recht hat bezwungen
Seine feindt alle vberwunden
Das sahe man nuhn billich vnndt eben
Sein Herz in frewden schweben
Aber seyn freyer Kühner muth
Den er drug vnter seym eissen Hut
Was in ihm nicht lenger dauren
Das geschag durch einen Bawren
Der macht sich balt vff die Strassen
Seynen Zorn wolt er nicht Lassen
In einem Pusch lag er verborgen
Er wacht den Abent vnndt den Morgen
Auff die Zu Kunnft dieses Graffen
Des dott er Hatt hart geschworen
Da Kham geritten vnndt Zellen
Truthwin mit seinen gesellen
Zu Strudl hin vff dieser farbt
Da der selb bawr auch vff ihn wardt
Er schoß den Graffen vff dem Pferdt
Das er zu doth Stürzt vff die Erdt
Die Stath der Graf auch mirket eben
Dieweil er noch hatt das Leben
Er wahr dem geistlichen Leben holt
Er schatzt silber vnndt auch sein golt
Schonaw ein Closter vff der Stadt
Stifft er da er durch schossen wardt

Selig was des Graffen Truthwin
Den Heiligen Patron Sant Florin
Vber all sein güth, gült auch Renth
Ehrbt er In sein letzten Testament
Mann Schreib Datum sag ich vorwar
Dausent, Hundert, Zwantzig sex Jar. —

Die sieben Jungfrauen.[24])

I.

Bei Wesel steht am grünen Rhein
Schloß Schönberg auf den wilden Höhen!
Dort lebten sieben Schwesterlein,
Wo einsam jetzt die Fichten wehen;
Sie waren rings in Stadt und Land
Die schönen Gräfinnen genannt.

Ihr Ruf erscholl auf jeder Bahn
Und weckt die Ritter allenthalben:
Der kommt auf einem Rappen an,
Der auf dem Fuchs, der auf dem Falben;
Sich sonnend an der Schönheit Blick,
Träumt mancher schon das nahe Glück.

So ziehn die Freier aus und ein,
Im Schlosse herrscht ein froh Getümmel;
Wohl mundet Speis und edler Wein,
Und Minnesang ertönt zum Himmel:
Erst mit dem rothen Abendstrahl
Trabt man hinweg durch Busch und Thal.

Das Wesen macht den Damen Spaß,
Sie haben viel sich zu erzählen
Die halbe Nacht ohn Unterlaß;
Doch keine will den Gatten wählen.
Dies wurmt die Herrn, und einer spricht:
„Für Narren halte man uns nicht!

Hört nur, wir schließen einen Bund,
Die Fräulein sollen sich entscheiden;

Drum sagt es ihnen kurz und rund,
Daß sonst die Burg wir alle meiden!
Und naht sich andrer Buhler Zahl,
So trotzen wir mit blankem Stahl!"

Schnell wird die Botschaft abgesandt,
Die Jungfraun dies ein wenig schrecket;
Sie hatten wohl in losem Tand
Die Männer lange Zeit genecket:
Doch weil die Muthung sehr verdroß,
Sich jede gleich zur Rach entschloß.

Sie halten Rath mit argem Witz
Und schicken weg die schönste Zofe
In das Gebirg zum nächsten Sitz;
Sie trifft den Ritter auf dem Hofe,
Wo mürrisch, wandelnd auf und ab,
Zum Jagdritt er Befehle gab.

Das Zöfchen neigt sich und beginnt:
„Euch melden, Herr, die edlen Damen,
Daß sie zur Wahl entschlossen sind,
Und bitten euch in ihrem Namen
Zu künden jedem Freier an,
Daß nur das Loos entscheiden kann."

Gern hört der Ritter dieses Wort,
Die Botschaft geht auf allen Wegen;
Seht, wie die Herrn sich da und dort,
Gleich Schwalben in dem Lenze, regen!
Sie jagen mit erfreutem Sinn
Von Ost und West nach Schönberg hin.

Man führt die Fremden in den Saal,
Die Zofe naht mit leichtem Schritte,
Erhebt den silbernen Pokal
Und steht in der Versammlung Mitte:
Von Loosen, die hinein gelegt,
Der Ritter Farb ein jedes trägt.

Und alle greifen rasch hinein
Und alle von Erwartung glühen;

Sein Zeichen wählt ein jeder fein! —
Doch sieben, welche Treffer ziehen,
Sind auch die Häßlichsten umher,
Troz Igel, Eber, Wolf und Bär.

Die andren Ritter, wohlgestalt,
Besteigen fluchend ihre Rosse;
Die Sieben lachen, daß es schallt,
Und wandeln stolz einher im Schlosse;
Der Plumpste wirft das Haupt empor:
„Auf! führt uns jetzt den Bräuten vor!"

Das Mädchen spricht: „Sie weilen dort
Im Gartensaal!" durch grüne Bäume
Bewegt die Schaar sich nach dem Ort;
Doch unerfüllt sind ihre Träume,
Weil nur an hohen Wänden stehn
Der Damen Bilder zart und schön.

Und ein Gelächter tönt vom Rhein,
Man schaut: die Jungfraun alle steigen
Recht zierlich in den Kahn hinein,
Geschirmt von Laub und Blüthenzweigen;
Sie necken höhnend noch hinauf
Und fahren hin im Wogenlauf.

Die Schiffer rudern jenseits an,
Maulthiere warten schon der Damen,
Worauf sie bald zum Strand der Lahn
Nach ihrem Felsenschlosse kamen
Indeß die Herrn voll Aerger glühn
Und sachte weg von Schönberg ziehn. —

Bei Wesel, wenn das Wasser fiel,
Sah man im Sonnenstrahle blitzen,
Erheben aus dem Wellenspiel,
Oft sieben weiße Felsenspitzen;
Der Segler, der die Klippen kennt,
Sie noch die sieben Jungfraun nennt.

R. Geib.

II.

Der junge Walther kehrt von Schönberg wieder
Und wankt zum Tode fort in bittrem Schmerz;
Auf Ewig schweigen seine süßen Lieder,
Er ward verhöhnt in fürchterlichem Scherz.
Sechs Schwestern halfen Adelgunden
In Uebermuth und eitler Lust,
Mit kaltem Spotte zu verwunden
Die stolze, treue Sängerbrust.

Gar mancher Ritter hat des Schlosses Hallen
Verlassen schon, um in den Tod zu gehn;
Zwei sind verzweifelnd in der Schlacht gefallen,
Weil sie nicht konnten Liebe sich erflehn;
Zwei andre zogen in die Weite
Nach Palästinas fernem Strand,
Und zwei nach eifersücht'gem Streite
Erschlugen sich mit wilder Hand.

Doch ach! verhöhnt, betrogen waren alle,
Die sieben Schönen blieben kalt und frei;
Und darnach fiel auch Walther in die Falle,
Weiht Adelgunden seine Liebe treu.
Erst schien sie mild ihn zu verstehen,
Dann ward er fremd und stolz verschmäht;
Sie sieht ihn lächelnd von sich gehen,
Und weiß, daß er zum Tode geht.

Er stürzt sich voll Verzweiflung in die Wogen,
Die Wasser kühlen seines Busens Gluth;
Die Erde flieht, er wird hinab gezogen,
Wo mancher goldne Hort verborgen ruht.
Und bleicher werden seine Wangen,
Er fühlt nicht mehr des Herzens Schlag,
Er denkt nicht mehr mit Leid und Bangen
An seiner Jugend trübsten Tag.

Manch Fischlein sieht er auf und nieder schweben,
Und freundlich sagt ihm ein bemooster Hecht:
„Du mußt dich in der Lurlei Haus begeben,
Ich führe dich, mein schmucker Edelknecht!

Die Sitte will seit alten Tagen,
Daß du der Königin sogleich
Die Schmerzen mußt und Leiden klagen,
Warum du flohst in unser Reich.

Und hat sie dich gerecht und gut befunden,
So nimmt sie dich als milde Herrin auf,
Und plötzlich heilen alle deine Wunden,
Denn du beginnest schönen Lebenslauf!
Doch hast du die gewagte Reise
Als Schelm gemacht und wüster Thor,
Dann, Lieber, dienest du zur Speise
Uns, ihrer Boten schnellem Chor.

Die besten Ritter sind bei ihr zu schauen,
Doch auch gemeiner Pöbel wird dir nahn;
Auch triffst du schöne Mädchen, edle Frauen
Aus guten, hochberühmten Häusern an.
Noch kürzlich kam herab geschwommen
Gisela Brömser, wunderhold;
Sie ward gar freundlich aufgenommen,
Trägt eine Harfe nun von Gold."

Es schweigt und eilt voran der graue Schwimmer
Und breitet eilig seine Flossen aus;
Bald steht, umstrahlt von diamantnem Schimmer,
Vor Walthers Blicken ein krystallnes Haus.
Er hört ein wunderbares Klingen
Und manchen halbvergeßnen Sang:
Sinds Nixen, die so lieblich singen,
Ists goldner Harfen süßer Klang?

Nun tritt er in die reichgeschmückten Hallen
Und Fraun und Recken grüßen ihn so mild;
Bald sieht er lange Silberschleier wallen,
Und vor ihm steht der Lurlei schönes Bild.
„Was willst du, Jüngling?" fragt sie leise,
„Warum verließest du die Welt?
Oft sangst du schön zu ihrem Preise
Und warst im Kampf ein tapfrer Held!"

„O Lurlei, Königin der stillen Tiefen,
Die Liebe hat mich in den Tod gejagt!

Als mir im Busen alle Lieder schliefen
Und selbst die Harfe jeden Trost versagt;
Da sucht ich Ruh in deinen Fluthen
Für mein gebrochnes, wundes Herz,
Und sieh, schon hört es auf zu bluten,
Vergessen ist der Erde Schmerz!"

„Er sei vergessen! — Lebe fröhlich wieder,
Und deine Harfe töne süßer fort!
Doch auf, ihr Nixen, singet Zauberlieder,
Ihr Winde tragt sie rasch nach Schönberg dort!
Lockt sie herab mit Schmeicheltönen,
Die sieben Schwestern, stolz und kalt,
Und keine Macht soll mehr versöhnen
Der Lurlei rächende Gewalt!"

Die Nixen singen, und die Winde rauschen,
Schon hallt es süß zur Grafenburg empor.
„Ein Ständchen wohl?" die schönen Jungfraun lauschen,
Und eine folgt der andren aus dem Thor.
„Wohin, wohin?" — „Auf sanfter Welle
Wir schaukeln horchend uns am Strand!"
Schon ist ein kleines Schiff zur Stelle,
Wer stößt es denn so wild vom Land?

Ha! unaufhaltsam treiben sie die Wogen
Mit Sturmeseile von dem Ufer weit,
Und plötzlich ist der Himmel schwarz umzogen,
Die Lurlei taucht empor im Nebelkleid.
„Halt!" ruft sie streng; das Schiff bleibt stehen,
Gehorsam sind ihr Well und Wind;
„Die Strafe folget dem Vergehen:
Seid ganz, was eure Herzen sind!"

Das Schiff versinkt, bald schweigen alle Klagen,
Die sieben Schwestern wandeln sich in Stein,
Und ihre kahlen Felsenhäupter ragen
Starr, unbewegt und traurig aus dem Rhein.
Zwei Pilger, die vorüber ziehen,
Sehn staunend sich das Wunder an:
Hell scheint der Mond, die Wogen fliehen
Bald wieder still die alte Bahn.

A. v. Stolterfoth.

Johann von Vornich.[35])

Wohl ist es eine schöne Würde,
Zu sein ein Priester Gottes hier;
Er trägt die segensvollste Bürde,
Der Menschheit Trost, der Kirche Zier.
Ein Engel, weilet er hienieden,
Wenn seine Sendung er begreift;
Er pflanzt den Keim von jenem Frieden,
Deß goldne Frucht der Himmel reift.

Doch auch kein größer Ungeheuer
Sah je der Erde man entstammt,
Als wenn sein Herz das wilde Feuer
Der Bosheit und des Wahns entflammt,
Wenn er auf nachtverhülltem Pfade
Das Gift der schwarzen Seele haucht
Und jenes Amt des Lichts und Gnade
Als Mittel frevlen Werks mißbraucht.

Kaum wagt die Muse, die empörte,
Zu singen zwar die Gräuelthat,
Die ihr, als eine unerhörte,
Am Strand des Rheins entgegentrat;
Doch warnen soll sie, wie erbauen,
Durch Bilder der vergangnen Zeit;
Drum weicht der Pflicht des Herzens Grauen,
Und zum Gesang ist sie bereit.

Graf Philipp aus dem Stamm der Chatten,
War reicher als ein Fürst am Rhein;
Doch schien als Vater ihm und Gatten
Das Glück so günstig nicht zu sein.
Die Gattin schlug ihm Wund auf Wunde,
Und, sonst so süßer Freuden Born,
Sproß ihm aus seiner Ehe Bunde
Tagtäglich endlos Dorn auf Dorn.

Wohl lachten ihn zwei holde Sprossen,
Ein Sohn und eine Tochter, an,
Wohl sah er bald vom Grab umschlossen
Das Weib, so bös ihm zugethan;

Doch ach! nicht lang, da sank sein Hoffen,
Sein schönstes auch in Flanderns Sand,
Da fiel, von scharfem Stahl getroffen,
Sein Sohn durch mörderische Hand.

Wer wird nun Hort des Stammes werden,
Der jetzt mit ihm erlöschen soll?
Er ist ergraut und zahlt auf Erden
Bald der Natur den letzten Zoll.
Doch nein! von einem goldnen Traume
Ist neu beseelet bald der Greis:
Es treibt ja oft am alten Baume
Auch noch ein lebensfrisches Reis.

Und bald schon führt der edle Graue
Ein neues Weib an den Altar,
Anna, entsproßt aus Nassaus Gaue,
Die Braunschweigs Herzogswittwe war,
Die es, mit Otto treu verbunden,
In früher Jugend schon erlernt,
Wie von des Gatten Abendstunden
Die trüben Wolken man entfernt.

Doch auf des Grafen Glück sah düstern
Gesichts der Blutsverwandten Schaar,
Die längst schon auf sein Erbe lüstern
Geschaut, wie auf den Raub der Aar.
Und wo die Herzen Böses sinnen,
In denen Habsucht wahrt ihr Theil,
Da ist für sündliches Beginnen
Auch immer die Bestechung feil.

Johann von Bornich, der die Messe
Dem neuen Paar im Schlosse las,
Der oft schon an geheimer Esse,
Giftmischerei zu üben, saß,
Er war das Scheusal, das verruchte,
Das jener Freundschaft Wink verstand;
Er wars, bei dem sie, was man suchte,
Für Geld und gute Worte fand.

Noch heute segnet nach der Sitte,
Die schon die alte Kirche pflog,

Des Priesters Hand mit frommer Bitte
Wein an dem St. Johannistag
Und reicht zur Ehre dieses Mannes
Dem Volk ihn mit den Worten: „Trinkt
Die Lieb des heiligen Johannes!" —
Ein Band, das Arm und Reich umschlingt.

Und diesen milden Liebessegen
Trank auch die Gräfin immerdar,
So oft andächtig sie zugegen
Beim Amt der heil'gen Messe war.
Es benedeite nach der Wandlung
Den Wein der Priester am Altar
Und gab ihr nach vollbrachter Handlung
Mit jenem Spruch den Becher dar.

Obgleich den Bösewicht, den starren,
Wie nie, jetzt das Gewissen warnt;
So kann ers kaum doch mehr erharren,
Seit die Bestechung ihn umgarnt,
Bis wieder kommt zur heil'gen Messe
Die Gräfin, und ihr Aug erlischt
Durchs Gift, das an geheimer Esse
Er für die Edle schon gemischt.

Und wehe ihr! sie kommt gegangen,
Zu üben ihre fromme Pflicht;
Die Andacht glüht auf ihren Wangen
Und denkt an eine Arglist nicht.
Sie betet still und sieht erzittern
Nicht Bornigs frevelhafte Hand,
Vor dem mit warnendem Erbittern
Zum letztenmal sein Schutzgeist stand.

Vergeblich! Jene Finger, welche
Kaum zitternd noch empor gereckt
Die Hostie und den Wein im Kelche,
Sie lassen, minder schon geschreckt,
Das Gift in ihren Becher gleiten,
Ob dem — zum Himmel schreit der Fluch! —
Sie kreuzesweise aus sich spreiten,
Begleitet von dem Segensspruch.

Aus ist die Messe nun, und nahen
Sieht man die Gräfin dem Altar,
Den Trank der Liebe zu empfahen,
Den ihr der Frevler reichet dar.
Wohl merket sie die leichte Gährung,
Die im Pokale trübt den Wein;
Doch Bornich gibt ihr die Erklärung,
Es werde, — müsse Staub wohl sein.

Und arglos trinkt sie drauf den Becher,
Durch jenen Liebesspruch versüßt,
Mit dem wohl nie ein Priester frecher
Mißbrauchend hat ein Herz begrüßt,
Ein Priester, würdig nicht des Namens,
Der einen Staubgebornen schmückt,
Ein Fluch des gottgestreuten Samens,
Der dieses Pilgerland beglückt.

Doch hatte kaum ihr Mund getrunken
Des Weines benedeiten Trank,
Da lag, bewußtlos hingesunken,
Sie todesbleich und todeskrank.
Und wie man bald des Uebels Stiftung
In beigebrachtem Gift gesucht,
So fand bestätigt die Vergiftung
Man durch des Böswichts schnelle Flucht.

Wer malet Philipps Schmerz? Am Lager
Der Gattin stand er unverrückt,
Ein Bild des Schreckens, bleich und hager,
Untröstlich über sie gebückt.
Bei jedem Zucken, das durchflieget
Sie krampfhaft ob des Giftes Macht,
Wann einer Ohnmacht sie erlieget,
Befürchtet er, es sei vollbracht.

Doch ihre Kraft, die frisch noch glühte,
Bezwang der Krankheit wilde Wuth,
Und, allgemach genesen, blühte
Sie wieder auf voll Jugendmuth:
Nur glich sie ferner nun dem Baume,
Den Sturm der Blüthen hat beraubt,

Und der dann, ohne Frucht, am Saume
Des Sommers frisch sich nur belaubt.

Nicht lange aber kann genießen
Der Mörder seines Frevels Frucht;
Sieh! amtsgewandte Häscher schließen
In Ketten ihn schon auf der Flucht.
Zu Cöllen sah man ihn verhören,
Und er gestand die schwarze That
Mit einer Frechheit, voll Empören,
Wie selten vor Gericht sie trat.

Gestand allein nicht dies Vergehen,
Nein, auch noch andre, frech und keck,
Die, unertappt und ungesehen,
Vollbracht er zu dem gleichen Zweck.
Doch, wie man in ihn auch gedrungen,
Und ob man auf das Rad ihn flicht,
Die ihn zum Mörderwerk gedungen,
Die Fürsten, sie verrieth er nicht.

Und so bestieg er dann, entkleidet
Der Priesterwürde, das Schaffot,
Ein Sünder, der verstocket scheidet,
Und scheidend höhnet Welt und Gott,
Der da noch stand als Ungeheuer,
Als ihn des Todes Arm umwand,
Den er lebendig in dem Feuer
Am Fuße eines Galgens fand.

Alois Henninger.

Die Lurlei.[36]

1.

Zu Bacharach am Rheine wohnt eine Zauberin,
Sie war so schön und feine und riß viel Herzen hin.
Und brachte viel zu Schaden der Männer rings umher,
Aus ihren Liebesbanden war keine Rettung mehr.
Der Bischof ließ sie laden vor geistliche Gewalt —
Und mußte sie begnaden, so schön war ihre Gestalt.

Es sprach zu ihr gerühret: „Du arme Lorelei,
Wer hat dich dann verführet zu böser Zauberei?"
„Herr Bischof, laßt mich sterben, ich bin des Lebens müd,
Weil Jeder muß verderben, der mir ins Auge sieht!
Meine Augen sind zwei Flammen, mein Arm ein Zauberstab:
O legt mich in die Flammen, o brechet mir den Stab!"
Ich kann dich nicht verdammen, bis du mir erst bekennt,
Warum in diesen Flammen mein eigen Herz schon brennt?
Den Stab kann ich nicht brechen, du schöne Lorelei,
Ich müßte denn zerbrechen mein eigen Herz dabei!"
Herr Bischof mit mir Armen treibt nicht so bösen Spott
Und bittet um Erbarmen für mich den lieben Gott:
Ich darf nicht länger leben, ich liebe keinen mehr;
Den Tod sollt ihr mir geben, drum kam ich zu euch her.
Mein Schatz hat mich betrogen, hat sich von mir gewandt,
Ist fort von hier gezogen, fort in ein frembes Land.
Die Augen, sanft und milde, die Wangen roth und weiß,
Die Worte, still und milde, — das ist mein Zauberkreis.
Ich selbst muß drin verderben, das Herz thut mir so weh,
Vor Schmerzen möcht ich sterben, wenn ich mein Bildniß seh.
Drum laßt mein Recht mich finden, mich sterben wie ein Christ;
Denn Alles muß verschwinden, weil er nicht bei mir ist!"
Drei Ritter läßt er holen: „Bringt sie ins Kloster hin!"
Geh, Lore, Gott befohlen sei dein bethörter Sinn!
Du sollst ein Nönnchen werden, ein Nönnchen, schwarz und weiß,
Bereite dich auf Erden zu deiner Todesreis!" —
Zum Kloster sie nun ritten, die Ritter alle drei,
Und traurig in der Mitten die schöne Lorelei.
„O Ritter, laßt mich gehen auf diesen Felsen groß,
Ich will noch einmal sehen nach meines Liebsten Schloß.
Ich will noch einmal sehen wohl in den tiefen Rhein
Und dann ins Kloster gehen und Gottes Jungfrau sein!"
Der Felsen ist so jähe, so steil ist seine Wand,
Doch klimmt sie in die Höhe, bis daß sie oben stand.
Die Jungfrau sprach: da gehet ein Schifflein auf dem Rhein;
Der in dem Schifflein stehet, der soll mein Liebster sein!
Mein Herz wird mir so munter, es muß mein Liebster sein!"
Da lehnt sie sich hinunter und stürzet in den Rhein.

Clemens Brentano

II.

An des Felsens steilen Wänden
Zieht hinauf ein ernster Zug,
Scapuliere um die Lenden,
In der Hand das heil'ge Buch;
Ruhen oft und ruhen lange,
Beten leis den Rosenkranz,
Und um ihre blasse Wange
Schimmert es, wie Heil'genglanz.
Sie beten so brünstig, den Zauber zu lösen,
Sie waffnen sich wacker zum Kampf mit dem Bösen,
Die Mönche im Kranz.

Oben ruht auf weichem Moose
Stolz, wie sonst, die Lorelei,
Spielt mit ihren Flechten lose,
Wie ein Kind in Träumerei;
Hoch, wie sonst, die Brüste schwellen,
Rasch, wie sonst, die Pulse gehn:
Ob auch heut sie den Gesellen
Würde kalt, wie sonst, verschmähn?
Jetzt wendet in Hast sie die glühenden Augen;
Sie kann es nicht fassen, die kann sie nicht brauchen,
Die sich so sonderlich drehn.

„Der von den Todten du erstanden,
Christe, Gott und Gottes Sohn,
Mach uns nicht, o Herr, zu Schanden,
Die wir knien vor deinem Thron!
Bitte du, Gebenedeite,
Für uns, daß er gnädig sei,
Der die Sünder all befreite,
Lös uns von der Zauberei!
Wir haben gebetet, nun wollen wir handeln;
Wohl haben den Muth wir, den Zauber zu wandeln:
Steht uns, ihr Heiligen, bei!"

Sie erheben sich vom Knieen,
Bei der Fackel düstrem Licht
Aufwärts ernst die Mönche ziehen,
Kreuzend Stirn und Angesicht.
Weihrauch duftet auf und nieder,
Heilig Wasser weicht den Grund;

9*

Zwar verstummen ihre Lieder,
Ave! lispelt doch der Mund.
So feierlich treten mit sicherem Schritte,
Als wärens die Jünger und er in der Mitte,
Die Paters den Grund.

Da von ihrem Felsensitze
Hebet sich das schöne Weib,
Aus den Augen zucken Blitze,
Doch es bebt ihr schlanker Leib.
„Wer hat euch geladen, Gäste,
Daß ihr nächtlich mich besucht?
Bleibt daheim und schlafet feste,
Eh der Böse euch versucht!"
O Sancta Maria! Du führest den Reigen
Der Heiligen droben, euch ruf ich zu Zeugen:
Die Lorelei sei — verflucht."

Sie, in fürchterlichem Bangen,
Flieht hinauf zum letzten Stein,
Von der höchsten Angst befangen,
Wimmert in die Nacht hinein:
„Vater, an des Todes Sprosse
Fleht zu dir dein armes Kind.
Sende deine weißen Rosse;
Willst du retten, sei geschwind!
Schon hör ich die Stimmen, schon sind sie gekommen,
Schon haben die Würger den Gipfel erklommen,
Die Rosse! — Auf, Wogen und Wind!"

Plötzlich, wie in tiefsten Tiefen,
Rauschts und schwillts im stillen Rhein;
Alle Bäche, die da schliefen,
Brechen ihren engen Schrein,
Wogen wachsen, wie Lawinen,
Steigen, wie der Nebel steigt;
Ehe noch ein Mensch erschienen,
Hat der Rhein sein Kind erreicht.
Fest greifen die Wellen die Tochter, die bange,
Es säumen die schäumenden Rosse nicht lange:
Zu den Schwestern die Schwester entfleucht.

                                        Immanuel.

III.

Aus jenen Felsen klang die süße Stimme,
Die so mir ruft, wer mag die Holde sein?
Noch einmal rufe so mir, und ich schwimme
Zu dir hinüber auf dem alten Rhein.

Die Stimme klang, des Rheines Wogen schlugen
Zu mir empor und netzten meinen Fuß,
Sie nahmen mich in kühlen Arm und trugen
Entgegen mich der süßen Stimme Gruß.

Und daß ich aufwärts zu der Höhe klimme,
Griff ich des Berges rauhe Felsenhand;
Bald ferner rief, bald näher mir die Stimme
Und lockte mich zum steilsten Bergesrand.

„Ich folge dir, und willst du mich vernichten,
Gern find ich hier, von dir geführt, mein Grab:
Du bists ja, die in Bildern und Gedichten
Mir früh die erste Lebensweihe gab."

Und heller wirds mit einmal auf der Klippe,
Im Arm mir ruht das schönste Frauenbild;
Ein Kuß von ihr, wie tönet meine Lippe,
Wie Stürme, stark, wie Frühlingslüfte, mild!

„Dein Hoffen hat dich, Treuer, nicht betrogen!"
So sprach sie, hob mit mir sich himmelan;
„Der Dichtung Geist bin ich, von mir gezogen,
Mit kühnem Muthe wandle deine Bahn!"

So ruh ich nun in kühlen Felsenklüften,
Auf lichten Bergeshöhn in ihrem Arm;
Von ihr umschlungen, bad ich mich in Düften,
Umgaukelt von der Liebesgötter Schwarm.

Des Rheines Wogen schlagen das Gestade,
Die Stimme ruft, o Wandrer, folge nur;
Die Wege scheue nicht, die Felsenpfade,
Die Dichtung zeigt dir leuchtend ihre Spur!

Wilhelm Genth.

IV.

Wie Flötenklang im Abendgold
Durch Auen und den Hain,
Tönt eine Stimme wunderhold
Von Lurleys Fels am Rhein.

Oft, wenn die Sonn' aus Osten wallt,
Wenn Mond beglänzt die Höh'n,
Läßt sich in lieblicher Gestalt
Dort eine Jungfrau seh'n.

Doch wer vom Wasser oder Land
Zur Jungfrau hebt den Blick
Dem plötzlich sie wie Duft entschwand,
Läßt Wehmuth ihm zurück.

Auch horcht ihr Mancher auf dem Schiff,
Lenkt er den Strom hinab
Wie träumend — stößt an's Felsenriff,
Und sinkt ins feuchte Grab.

Nur einem jungen Fischerpaar,
Das bey des Abends Glüh'n
Im Tagwerk noch geschäftig w(
Die holde Maid erschien,

Und vor die Scheuen trat mit
Sie leicht und mit Gesang,
Zeigt ihnen dann im schnellen Fluß
Den allerreichsten Fang.

Bald hat in Thälern und auf Höh'n
Das Land die Sag erfüllt,
Wie jene Fischer dort gesehn
Das göttlich schöne Bild.

Es herrscht ein Pfalzgraf an dem Rhein,
Hat einen edlen Sohn,
Der folgt so gern durch Flur und Hain
Dem Wild beim Hörnerton.

Sein Lager hielt der junge Graf
In Freud und Glanz allhier,

Wo manchen Hirsch sein Bogen traf
Im waldigen Revier.

Doch als auch ihm die Sag erscholl,
Wie dort zum Strande kam
Das Kind der Felsen, ach! da schwoll
Sein Herz von Lust und Gram.

Und wie, umstrahlt von Silberlicht,
Die Fee'n im Morgenland,
So hold in manchem Nachtgesicht
Die Jungfrau vor ihm stand.

Ihn läßt die Sehnsucht nimmer ruh'n,
Er bietet Sassen auf:
Stromabwärts eilt gen Wesel nun
Der muth'gen Rosse Lauf.

Und dort besteigt er einen Kahn,
Und fährt dem Lurlei zu:
Schon sinkt auf Berg und Wiesenplan
Die Nacht in stiller Ruh!

Die goldnen Sterne leuchten hell:
„Ach seht die Zauberin
(So rufen ihm die Rudrer schnell;)
Doch fahren wir nicht hin!"

Da sieht der Jüngling die Gestalt;
Sie sitzt am Felsenhang
Im Schneegewand und jetzo schallt
Ihr himmlischer Gesang.

Dann lächelnd geht sie weiter vor,
Und flicht im Sternenglanz
Von Wasserblumen, Bins' und Rohr
Sich einen Lockenkranz.

„Ach Herr! Wie lieblich (ruft die Schaar)
Ist diese Zauberin!
Welch Angesicht! welch goldnes Haar!
Doch fahrt, o fahrt nicht hin!"

Allein, wie Sturm die Wolke, drängt
Die süße Qual ihn fort,
Und er gebeut: „Ihr Schiffer, lenkt
Den Kahn zu jenem Ort!"

Schon will man sich dem Strande nah'n,
Wo jene freundlich winkt,
Als schnell der Graf, um sie zu sah'n,
Aus seinem Nachen springt.

Doch er erreicht das Ufer nicht,
Sinkt in den Strom hinab,
Der grollend sich am Felsen bricht —
Ihn deckt der Fluthen Grab.

Und bang, in rascher Eile, fährt
Der Knechte Schaar zurück,
Und melbet, als sie heimgekehrt,
Des Jünglings Mißgeschick.

Der Pfalzgraf hört's: O Trauerton!
Wie beugt der milde Schmerz
Um den entrissnen lieben Sohn
Das väterliche Herz!

An seine Reisigen voll Grimm
Erläßt er das Gebot:
„Auf! Bringet mir das Ungethüm
Lebendig oder todt!" —

„Herr! (spricht der Hauptmann) Euer Wort
In Ehren! Doch wärs gut,
Zu stürzen gleich die Heye dort
Hinunter in die Fluth;

Sonst macht sie euch der böse Feind
Aus Kett' und Banden frey." —
„Wohl! (sagt der Pfalzgraf) wohl, mein Freund!"
Ab zieht die Reiterei. —

Die Sterne schwinden, bald erhellt
Der junge Morgenstrahl,

Der von der Berge Zinnen fällt,
Rings Auen, Strom und Thal.

Es fährt mit seinem Waffentroß
Der Ritter über'n Rhein,
Und alle schließen schnell zu Roß
Den Lurleifelsen ein. —

Mit drey'n der Wackersten ersteigt
Der Hauptmann jetzt die Höh'n,
Als oben sich die Jungfrau zeigt,
Und ihre Locken weh'n:

Von Bernstein hält sie eine Schnur
In lilienweißer Hand:
„Wen sucht Ihr, Leute jener Flur,
An dieser steilen Wand?" —

„Nur dich!" (versetzt der Führer) „Halt!
Gefangen bist du nun;
Drum sollst du, Zauberin, alsbald
Den Sprung ins Wasser thun."

Sie lacht: „Das Wasser hole mich!"
Und wirft im leichten Gang
Die Schnur hinab, und schauerlich
Tönt ihrer Stimme Klang:

„Die weißen Rosse schicke mir,
O Vater, deinem Kind,
Auf daß ich reite fort von hier
Mit Wogenlauf und Wind!"

Da braust ein Sturm mit Regenguß,
Die Brandung schäumt empor:
Zwey Wellen wandeln aus dem Fluß,
Gleich Rossen, hoch hervor.

Hinan den Felsen steigen sie,
Und tragen blitzeschnell
Die Jungfrau in den Strom — und sieh!
Umher ist's wieder hell. —

Dem Wunder staunt der Männer Schaar
Mit Beben, und erkennt,
Daß jene von den Geistern war,
Die man Undinen nennt.

Und als zu ihrem Herrn zurück
Sie mit der Kunde floh'n,
Da fand sich auch — o welch ein Glück! —
Der todtgewähnte Sohn.

Gehoben hatt' ihn dort hinan
Mit halbbetäubtem Sinn
Das Wellenspiel, und trug ihn dann
Sanft an das Ufer hin.

Nicht mehr ließ sich die Jungfrau seh'n;
Nur aus der Felsenkluft
Sie neckend noch, wenn Schiffe geh'n,
Der Segler Stimme ruft.

R. Geib.

V.

Hoch ob des Lurleis steilen Höhen
Jagt Pfalzgraf Albrechts kühner Sohn;
Der schönste Hirsch, den er gesehen,
Ist, nah schon seinem Speer, entflohn.

Er folgt ihm weiter, immer weiter
Bis an des Abgrunds steilen Rand,
Und endlich wirft der wilde Reiter
Das Eisen glücklich und gewandt.

Getroffen sinkt von seinen Händen
Zur Erde hin das edle Wild.
Sieh, da entsteigt den Felsenwänden
Ein schilfbekränztes Frauenbild!

Hat er im Traume denn gesehen
Dies Antlitz, dieser Augen Blau?

Nein, ihre Locken sah er wehen
Vom Lurlei oft durchs Nebelgrau.

Oft hört er auch ein Lied erklingen,
Das süß um Lieb ihn angefleht;
Bald schien es aus der Fluth zu bringen,
Ward bald vom Fels ihm zugeweht.

Und oftmals dann im Mondenscheine,
Wann leise der Gesang verhallt,
Taucht aus dem mildbeglänzten Rheine
Empor die winkende Gestalt.

Wer wollt auf Männerschwur nicht bauen?
Stets flieht er treu zu seiner Braut,
Weil ihm vor Feen und Nebelfrauen
Und bleichen Wassernixen graut.

Doch endlich ist es ihr gelungen,
Er ward verlockt in ihren Bann,
Wo nun, vom Zauber rasch umschlungen,
Er nimmermehr entfliehen kann.

„Halt!“ ruft sie jetzt mit sanftem Beben,
„Du jagtest auf verpöntem Land,
Und mir verfallen ist dein Leben,
Gibst du mir nicht ein hohes Pfand!

Tief unten in krystallner Halle
Steht mein uraltes Felsenhaus,
Leis rauscht darüber hin die Welle,
Und Fischlein ziehen ein und aus.

Viel schöne Fraun und Recken wohnen
Bei mir in Frieden, still und gut;
Sie tragen schilfgeflochtne Kronen
Und suchten Ruh einst in der Fluth.

Sie singen wunderbare Lieder
Und Sagen aus vergangner Zeit,
Die rauschen auf und rauschen nieder
Mit Well und Wind in Ewigkeit.

Und willst du mein Gemahl nicht werden
Und willst du nicht ihr König sein?
Wir steigen fröhlich auf zur Erden
Und sinken selig in den Rhein.

So gib mir denn dein Herz zum Pfande,
Verfallen ist mir schon dein Leib,
Und nieder führ ich dich zum Strande
Als dein beglücktes, treues Weib!"

„Entfleuch, du bleiches Bild, von hinnen!"
Ruft Hugo jetzt, voll Graun und Schmerz.
„Ich will kein Zauberweib gewinnen,
Und andrer Liebe schlägt mein Herz.

Doch ob verfallen ist mein Leben,
Weil ich gejagt in deinem Bann,
Drauf soll mein Schwert dir Antwort geben,
Wenn sie dein Kämpfer fordern kann!

So spricht der Held mit strenger Stimme.
Doch weh ihm, daß er sie verschmäht!
Rasch fährt empor in wildem Grimme,
Die noch vor Kurzem sanft gefleht.

Aus ihren Augen sprühet Feuer,
Aus ihren Locken brauset Sturm,
Zur Wetterwolke wird ihr Schleier
Und riesig wächst er, wie ein Thurm.

„Schick, Vater, mir die weißen Rosse!"
So ruft sie laut hinab zum Strand,
Da brausen auf aus ihrem Schlosse
Zwei Wellen bis zum Felsenrand.

Sie schwingt ihn auf, sie fährt hernieder
Vom hohen Lurlei in die Fluth.
Doch bald entsteigen sanfte Lieder
Der Tiefe, wo der Ritter ruht:

„Er schläft auf weichem Lager,
Der kühne Heldensohn.

Ich hab ihn sanft gebettet,
Weh mir! — er liebt ja schon!

Gern setzt ich eine Krone
Ihm auf das Lockenhaar.
Von tausend Diamanten,
Schön, wie noch keine war.

Gern gäb ich einen Scepter
Ihm in die starke Hand;
Vom Meere soll er herrschen,
Bis hoch ins Schweizerland.

Wir lebten still in Frieden,
So lang der Rhein noch fließt,
So lang den Lureifelsen
Noch Mondenschein begrüßt.

Singt Nixen, singt ihm leise
Ins Ohr mit Schmeichellaut!
Doch ach! er träumt vom Vater,
Er träumt von seiner Braut.

Am Ufer steht sie traurig
Und weint hinab zur Fluth,
Und auch sein greiser Vater
Klagt mit gebrochnem Muth.

Er zuckt im Schlaf zusammen,
Er fährt empor im Schmerz.
Schwer sind die Thränenperlen
Gefallen auf sein Herz!

Und tiefer, immer tiefer
Neigt sich die Maid herab.
Weh mir! sie will ihm folgen
Ins kühle Wellengrab.

Dann müßt ich ewig sehen,
Wie sie so glücklich sind.
Steigt auf, ihr weißen Rosse,
Tragt ihn ans Land geschwind!"

A. v. Stolterfoth.

VI.

Es war in des Lenzes wonnigem Glanz,
Da eilte die Jugend des Rheines zum Tanz,
Dort, wo an dem Lurlei die Welle sich bricht,
Sich jede Brust selige Stunden verspricht.
Manch Mädchen, geschmücket mit reichem Gewand,
Im Kranze der lieblichen Schönen sich fand.
Doch alle besiegte ein reizendes Kind,
Schön wie unsterbliche Engel es sind.
Sie schien, eine Göttin, zur Erde geeilt,
Die freundlich die Freuden der Menschen theilt.
Ihr schwarzblaues Auge, ihr rosiger Mund,
Ihr Nacken, so glänzend, ihr Busen, so rund,
Bezauberten mächtig ein jegliches Herz
Mit seliger Wonne, mit zagendem Schmerz.
„Ha! kennt ihr das himmlische Angesicht?
Es ist ja die Lurlei, o folget ihr nicht!"
Doch als nun zum Reigen die Flöte rief,
Da nahte ein Ritter ihr, neigte sich tief;
Und bald, wie von sanften Zephiren gewiegt,
Mit ihr durch die Reihen der Glücklichen fliegt.
„Ach! armer, armer Pfalzgrafensohn,
Du bist der Undine verfallen schon!"
Und ihn an der zauberisch wogende Brust
Ergreifet Entzücken und wonnige Lust.
Sie schweben im Reigen so flüchtig, so leicht,
Kein Paar sie an Zierde und Anmuth erreicht.
Und weiter und weiter vom fröhlichen Kranz
Entfernen sie stets sich im schaukelnden Tanz.
„Ach, armer Jüngling, erhebe den Blick
Und schaudre vom zaubrischen Felsen zurück!"
Kaum nahten sie jetzt sich des Lureleis Rand,
Da stiegen zwei Wellen herauf an den Strand.
Die Schöne stürzt nieder mit ihm in die Fluth,
Und nimmermehr sah er des Tages Gluth.

Alois Henninger.

VII.

Es ist schon so spät, es wird schon so kalt,
Was reitest du einsam durch den Wald?

Der Wald ist lang, du bist allein
Du schöne Braut, ich führ dich heim!"

Groß ist der Männer Trug und List,
Vor Schmerz mein Herz gebrochen ist;
Wohl irrt das Waldhorn her und hin,
O flieh, du weißt nicht, wer ich bin!"

„So reich geschmückt ist Roß und Weib,
So wunderschön der junge Leib;
Jetzt kenn ich Dich — Gott steh mir bei!
Du bist die Hexe Lorelei!"

„Du kennst mich wohl, vom hohen Stein
Schaut still mein Schloß tief in den Rhein.
Es ist schon spät, es wird schon kalt,
Kannst nimmermehr aus diesem Wald!"

v. Eichendorff.

VIII.

Die Lorelei, die Lorelei singt helle Zauberlieder,
Sie klingen her, sie klingen hin, die Wogen auf und nieder;
Die Schiffer lockt der Sang herbei, sie kehren nimmer wieder.
O, Königssohn! du weißt es doch, was bist du so verwegen?
Ist dir's, o Jüngling, um ein Lieb daheim so sehr verlegen?
Willst du, ein frischer Knabe noch, dem kalten Tod entgegen?
„Die schöne Lorlei zu umfahn, hab ich mich fest verschworen;
Mir träumte von ihr diese Nacht, ihr Lied kam mir zu Ohren;
Zur Lorlei lenkt des Schiffleins Bahn, wärs tausend Mal verloren!"
Der Königssohn beim Steuer lehnt, rund um ihn die Genossen;
Sie haben nicht ein Wort gesagt: seid ihr zum Tod entschlossen?
Ihr seht, wies unten dreut und gähnt, und dennoch unverdrossen?
„Schauend von dem kühlen Stein in das dunkle Grab der Wogen,
Singend bei der Sonne Schein, singend unterm Sternenbogen:
Götterselig, doch allein — so ist Lorlei groß gezogen!"
Das Schifflein stürmt im Flug dahin; nach ihren vollen Brüsten,
Nach ihrem keuschen, süßen Leib erfaßt sie das Gelüsten.
Hin nach der Jungfrau steht ihr Sinn, und wenn sie sterben müßten!
Von ihrem Felsen beugt die Maid in Lust die vollen Glieder.
„Ich liebe dich, umfasse mich!" so schallen ihre Lieder;

„Ich bin bereit zu jeder Zeit, mir blühn und glühn die Glieder!"
Der Königssohn das Steuer hält: „durch! durch die wilden Wellen!
Dort weilt die Maid!" „Die Brandung hier!" Was kümmert das,
Gesellen?"

„Jesus Maria! du Herr der Welt, Gott schütz uns, wir zerschellen!"
Der Strudel faßt das bange Schiff: „O Lorelei, du schöne!"
Der Sturmwind durch die Segel pfiff: „Noch hör ich deine Töne!"
Zerscholl es jach am Felsenriff: „Lohnst du uns so, Sirene?"

Immanuel.

IX.

An des Rheines schönem Strande saß mit gramerfülltem Sinn
Auf des Felsens hohem Rande dort die schöne Fischerin.
In die Ferne schweift ihr Auge, hier hinunter, dort hinauf,
Ob empor kein Segel tauchte auf des Stromes klarem Lauf.

Doch der Liebste will nicht kommen, den sie sehnlich dort erharrt;
Ach, in Feindes Haft genommen, ist wohl gar sein Herz erstarrt!
Und in wehmuthvoller Weise klagte nun sie ihren Gram,
Der, wie Harfenklänge, leise aus dem wunden Busen kam.

Aber keine Seele theilte mit ihr das gequälte Herz,
Und der schnelle Wandrer eilte kalt vorbei an ihrem Schmerz;
Nur die Berge in der Runde und die Felsen hatten Herz,
Und es scholl in deren Munde hundertfältig bald ihr Schmerz.

Lange fand im dunklen Rheine Ruhe sie von ihrer Qual;
Doch erscheint im Mondenscheine dort ihr Bild noch manches Mal.
Ihrer Stimme Wunderklänge hört der Schiffer tiefbewegt,
Daß ihm fast das Herz zerspränge, daß er keine Hand mehr regt.

Trunken von dem holden Wesen, hängt er nur an ihrem Mund;
Sieh, da zieht mit seinem Kahne ihn hinab des Wirbels Schlund!
Fragst du an dem Felsenthore, wer das Zauberwesen sei;
So ertönt der Name Lore hundertfach von Lei zu Lei.

Alois Henninger.

X.

Der Teufel und die Lurlei.

Das ist des Teufels größter Spaß,
Die schöne Schöpfung zu verderben;
Sie läge, wäre sie von Glas,
Von ihm zerschlagen längst in Scherben.
Zum Glück gebricht ihm die Gewalt,
Wann Bosheit ihm die Fäuste ballt.

Er machte wie der Mylords mehr,
Einst rheinhinauf die große Reise,
Da hob ein Fels sich, hoch und hehr,
Und warf den Strom aus seinem Gleise:
Das Prachtgestein zerstört er gern,
Denn wer es sah, lobpries den Herrn.

Er greift mit beiden Händen zu
Und will es von der Stelle rücken.
Doch weil es ihm nicht weicht im Nu,
So stemmt an den mächtigen Rücken:
Da singt die Lurlei hoch vom Rand
Und Zauber hält ihn festgebannt.

Sie singt vom Weh, die schöne Fee,
Und möcht um Leben Liebe tauschen:
Sie wirbt so hold um Minnesold,
Die Wellen rauschen leis und lauschen:
Dem Teufel ist es scharfe Qual,
Als führ durchs Mark ihm kalter Stahl.

Sie singt von Lust in fremder Brust,
Wie froh der Mensch da unten lebe;
Wie mit dem Rauch der Hütten auch
Sein Dankgefühl zum Himmel schwebe;
Der Teufel weiß nicht, ob ers glaubt,
Doch ist ihm alle Macht geraubt.

Sie schweigt, da reißt sich Satan los
Und flüchtet zu der Hölle Feuer;

10

Doch abgedrückt im Felsenschoos
Ist ein geschwänztes Ungeheuer;
Der Schiffer siehts und sagt im Spott:
Der ist noch lang kein Herre=Gott.

K. Simrock.

Reichenberg.[37])

Den Geliebten zu erspähen, der bei dem Jagen weilt,
War Reichenbergs Burgfräulein auf hohen Thurm geeilt.
Der Reis'gen Zug von Fern sah kehren sie zurück,
Doch hohe Thurmeszinnen, die hemmten ihren Blick;
Da trat sie kühnen Muthes durch eine Ausgangsthür
Zur Gallerie des Thurmes mit sicherm Fuß herfür.
Auf einem Zinnensteine, wo die Füße Raum allein,
Wie spähte da ihr Auge weithin im Abendschein;
Und freudig sah den Jüngling mit Beute sie da nahn,
Hinab wollt sie vom Thurm, ihn herzlich zu empfah'n.
Doch auf dem schmalen Stein nicht drehen konnt' sich um,
Von Zinn zu Zinn steiget sie kühn am hohen Thurm,
Bis anderseits gelangte zur Ausgangsthür zurück
Und baldig war erreichet des Wiedersehens Glück.

J. W. C. Roth.

Napoleon und die Invaliden.

Wo Invaliden wohnen, da schweigt des Muthes Drang,
Da ruhen die Geschütze, verstummt der Schwerter Klang;
Man hört da nur erzählen von alter Thaten Glanz,
Von Schlachten und von Siegen und kühnem Waffentanz.

Am Rhein dort, auf der Katze,[38]) da war es nicht so still;
Sag an, was diese Feier der Invaliden will?
Es tönen die Kanonen durchs Thal mit lautem Schall,
Und weithin trägt den Donner der Felsen Wiederhall!

Sie gilt dem großen Kaiser Napoleon, dem Held,
Der reitet da vorüber, und zieht ins Ehrenfeld;

Drum grüßen ihn die Krieger, und grüßen ihn mit Luft:
Freund oder Feind, — sie ahnen den Muth in seiner Bruft.

Doch wehe! Sieh die Rosse erschrecket, wild und scheu,
Sie bäumen, gleich als wäre der Donner ihnen neu!
Doch wehe! Sieh den Kaiser, der sich mit Mühe faßt,
Wie ihm vor Zorn das Antlitz bald glühet, bald erblaßt!

„Das Nest,“ so ruft er, „werde zur Stunde mir geschleift!“
Indem er wuthentflammt zum Degengriffe greift.
Umsonst ist alles Bitten, das ihm zu Herzen spricht;
Die Burg der Invaliden, sie findet Gnade nicht.

„Er störet unsern Frieden mit unerweichtem Sinn;
Das bringt ihm nimmer Segen, das schafft ihm nie Gewinn:
Wer weiß, wo ihm die Ruhe einst gönnt des Schicksals Spiel!“
So sprach ein Invalide, als sie in Trümmer fiel.

Die Katze war zerstöret; da stand sie im Verfall,
Als noch der Ruhm des Kaisers durchdrang das weite All;
Da stand sie, als schon lange ihm dort das ferne Meer
Ein stilles Grab gebauet, des Kaiserschmuckes leer.

Da steht sie auch noch heute, umrankt von Epheulaub,
Da man zur ew'gen Ruhe gebracht des Kaisers Staub:
Dem Haus der Invaliden schuf er ein traurig Loos,
Ein Haus der Invaliden nahm ihn in seinen Schooß.

So pflegt in strengem Wandel zu sühnen das Geschick,
Wann lange schon gebrochen der Augen stolzer Blick;
Leis flüstert um die Trümmer des Rheines milde Luft:
Hôtel der Invaliden, so heißt des Kaisers Gruft.

Alois Henninger.

Sterrenberg und Liebenstein.[39])

I.

Oben auf der Bergesspitze liegt das Schloß in Nacht gehüllt;
Doch im Thale leuchten Blitze, helle Schwerter klirren wild.
Das sind Brüder, die dort fechten grimmen Zweikampf, wuthentbrannt,
Sprich, warum die Brüder rechten mit dem Schwerte in der Hand?
Gräfin Lauras Augenfunken zündete den Bruderstreit,
Beide glühen liebetrunken für die adlig holde Maid.

Welchem aber von den Beiden wendet sich ihr Herz zu?
Kein Ergrübeln kanns entscheiden: Schwert, heraus, entscheide du!
Und sie fechten kühn verwegen, Hieb auf Hiebe nieder krachts.
Hütet euch, ihr wilden Degen, grausig Blendwerk schleichet Nachts!
Wehe, wehe, blutge Brüder! Wehe, wehe, blut'ges Thal!
Beide Kämpfer stürzen nieder, einer in des Andren Stahl.
Viel Jahrhunderte verwehen, viel Geschlechter deckt das Grab,
Traurig von des Berges Höhen blickt das öde Schloß herab.
Aber Nachts im Thalesgrunde wandelts heimlich, wunderbar;
Wenn da kommt die zwölfte Stunde, kämpfet dort das Brüderpaar.

H. Heine.

II.

Zwei Brüder ziehn zum wilden Streit mit Schwert und Schild heran,
Der Aeltre kommt von Liebenstein auf rauher Felsenbahn;
Der Jüngre zieht auf steiler Höh vom Sternenfels herab:
Sie wollen kämpfen um die Braut und einer soll ins Grab.
Sonst waren sie so fest vereint bei jeder blut'gen That,
Und manchen Wandrer traf ihr Schwert am schmalen Uferpfad.
Einst lag vor ihnen bang im Staub ein Pilger, fromm und alt,
Der wär mit reicher Gabe gern zum Gnadenbild gewallt.
Erbarmen fand sein Flehen nicht und nicht sein greises Haar;
Da gab er sterbend einen Fluch dem grimmen Brüderpaar.
Jetzt wird das schwere Wort erfüllt im fürchterlichsten Streit;
Denn die einst blut'ger Haß verband, hat Liebe nun entzweit.
Sie kämpfen lang und kämpfen wild, wies Löw und Tiger thun,
Und treffen endlich sich zugleich, da müssen beide ruhn. —
Und eine sanfte Magdgestalt eilt, ach! zu spät heran:
Die Ritter sinken blutend schon, der Frevel ist gethan.
„O sag mir," seufzt der Aeltre leis, ein Wort, das Frieden giebt!
Warst immer mir so engelmild, hast du mich nicht geliebt?"
„Schweig!" ruft der Jüngre matt und dumpf, „du bist von Wahn
bethört:
Stirb unbeklagt und unbeweint, mir hat ihr Herz gehört!"
Der Aeltre hebt das bleiche Haupt, zum Schwerte zuckt die Hand;
Dann ruht sie starr am kalten Erz im blutgetränkten Sand.
Der Jüngre schaut ihn grimmig an mit seinem letzten Blick;
Dann sinkt auch er, umhüllt von Nacht, in ew'gen Schlaf zurück.
Ach keinen hat sie ja geliebt, die Maid, so fromm und gut;
Ihr stilles Leben trübte nur der wilden Brüder Gluth.

Doch um den Sündern ew'ge Ruh vom Himmel zu erflehn,
Will sie die schöne Welt nicht mehr, nicht mehr das Leben sehn.
Man gräbt ein Grab für alle Zwei und legt sie still hinein;
Ihr Angedenken wird verflucht im rhein'schen Lande sein.
Doch bald aus Klostereinsamkeit steigt das Gebet hinauf:
„O Herr, vergib, was sie gethan, und nimm sie gnädig auf!"

A. v. Stolterfoth.

III.

Auf seiner Felsenburg am Rhein
Ruht endlich von des Lebens Mühen
Der Ritter Hans von Liebenstein;
Oft sah man ihn zu Fehden ziehen:
Für Kaiser, Recht und Vaterherd
Trug er allein das tapfre Schwert.

Sein Weib verschied vor langer Zeit,
Doch ließ sie ihm zwei edle Kronen,
Zwei Söhne, die, voll Biederkeit
Und Muth, wie er, den Schmerz belohnen;
Man nennt ringsum, wo Thaten blühn,
Die Namen Richard, Balduin.

Mehr ernsthaft scheint der Erste nur;
In sich versunken, weilt er gerne
Im stillen Thal auf heim'scher Flur:
Der Zweite strebet nach der Ferne;
Zwar offen ist sein Herz und gut,
Jedoch zu leicht sein rasches Blut.

Da war auch eine schöne Maid
Zum Schlosse Liebenstein gekommen;
Es hat die junge Adelhaid
Der greise Burgherr aufgenommen
Als Freund von ihrem Aelternpaar,
Das ihr zu früh entrissen war.

Das Fräulein ist an Gütern reich,
Doch mehr an weiblichholder Sitte,
Ihr Herz voll Tugend, mild und weich;
Und wie wir in der Blumen Mitte

Die zarte Maienrose schaun,
So blüht sie unter andren Fraun.

Der Vater denkt: „Die Zeit vergeht,
Gereift zu Männern sind die Söhne!"
Darum in ihm der Wunsch entsteht:
„Wählt einen doch die edle Schöne
Zum Gatten!" Nichts belehret ihn,
Daß beide für die Jungfrau glühn.

So ist es. Aber Richard meint,
Daß, wenn sie ihm auch Huld erzeiget,
Sich Abelhaid doch, wie es scheint,
Mehr zu dem jüngren Bruder neiget:
Der edle Mann bezwingt sein Herz,
Obwohl durchbohrt von Gluth und Schmerz.

Er geht, was auch sein Innres litt,
Zu bitten, daß sie sich erkläret
Für Balduin: welch herber Schritt!
Ach! sein Verlangen ist gewähret;
Er sieht ihr Glück ganz ohne Neid,
Doch stärker wachsen Lieb und Leid.

Den Bund mit Freudenthränen weihn
Sieht man, als beide sich verloben,
Den alten Herrn vom Liebenstein;
Doch ihre Trauung ist verschoben
Auf Monde, bis ein Waffenfreund,
Der ferne weilt, am Fest erscheint.

Nur Richard zieht in düstrem Sinn,
Verhehlend das, was in ihm wohnet,
Nach Rhenses Höhn zum Fürsten hin,
Der herrlich dort auf Felsen thronet
Und gern in sein Gefolg ihn nahm;
Doch bleibt auch hier der stille Gram.

Da kommt St. Bernhard an den Strand
Und hebt empor des Kreuzes Zeichen:
„Auf!" ruft er, „von dem heil'gen Land
Entweihnde Horden zu verscheuchen!"

Sein Feuerblick, sein kräftig Wort
Reißt Alles, wie im Taumel, fort.

Und an des Rheins Gestad einher
Tönt schon der Kriegsdrommete Schallen;
Zu Roß und Fuß, mit Schwert und Speer
Sieht man die Schaar zum Jordan wallen:
Auch Balduins entflammter Muth
Ist schnell erfaßt von dieser Gluth.

Der Alte hört es und die Braut,
Und Schmerz ergreift die junge Schöne:
Vor dem Geliebten ohne Laut
Steht sie und birgt die heiße Thräne,
Die floß vom holden Angesicht;
Jedoch der edle Vater spricht:

„O Sohn! Es wird das heil'ge Grab
Genug der braven Streiter finden:
Du weile, meines Alters Stab,
Bei deinem Weib in diesen Gründen!
Auch hier kann drohn der Feinde Schwarm
Und Schutz verleihn ein tapfrer Arm."

Drauf Balduin: „Ach! widerstehn
Kann Nichts dem Drang, der mich beseelet:
Wann neu wir uns, Geliebte, sehn,
Dann bin ich würdig dir vermählet!
Kehrt Vater, je dein Sohn zurück,
So sei's mit Ehre, Ruhm und Glück!" —

Schon eilet weg sein rascher Flug,
Ihm folgt die Schaar von wackren Mannen;
Gewappnet geht der Ritter Zug
Mit ihrem Fähnlein schnell von bannen
Zu Kaiser Konrads Heer am Main,
Dann fort gen Süd in stolzen Reihn.

Auch Richard will sich ihrer Zahl
Gesellen, schon ist er gerüstet,
Im Kampf zu tilgen seine Qual:
Doch als er hört, wies auch gelüstet

Den Bruder, wendet er sein Roß
Und zieht aufs väterliche Schloß.

Er findet Balduin nicht mehr,
Und Pflicht gebeut ihm, hier zu bleiben;
Zwar kann den Dämon Nichts, wie sehr
Er kämpft, aus seinem Herzen treiben;
Doch duldet fest der biedre Mann
Und sieht die Maid als Schwester an.

Mit Adelhaid ist er bemüht,
Zu hellen seines Vaters Trübe.
Ach! sie bemerkt, was in ihm glüht,
Und seufzet: „Werth ist er der Liebe!"
Doch denkt sie, daß es sündhaft sei,
Und bleibet dem Entfernten treu.

Dem Alten blinket Trost im Weh
Um Balduin; er will vertrauen,
Und läßt die Burg auf naher Höh,
Genannt der Sternfels ihm erbauen:
Da stirbt der Greis, und Thränen weiht
Sein Sohn ihm dort mit Adelheid.

Zwei Jahr ins Meer der Zeiten fliehn,
Da schallt zum Berg, zum Thal hernieder:
„Es kehret Ritter Balduin
Aus Palästinas Auen wieder;
Doch führt er an des Rheines Strand
Ein schönes Weib aus Griechenland"

Wie blutet der Verlobten Herz!
Ach! fast erliegt sie diesem Dorne,
Und Richard weint zu ihrem Schmerz;
Doch glüht er bald von edlem Zorne:
Dem Knecht, der naht mit dem Bericht,
Wirft er den Handschuh hin und spricht:

„Dies Fehdezeichen trag ihm hin!
Er hat ein heil'ges Wort gebrochen:
Was er entweiht mit frechem Sinn,
Wird auch durch höh're Macht gerochen:

Den kenn ich nicht als mein Geschlecht,
Der so verletzet Lieb und Recht."

Schon zog auf Sternfels jener ein,
Sie nahn sich täglich mit den Sassen,
Wo auf den Feldern ihre Reihn
Das Blut im Streite fließen lassen;
Und jetzt entbieten feierlich
Zum Zweikampf beide Brüder sich.

Im Waffenkreise stehn bereit
Die Ritter mit gezogner Wehre;
Da zwischen sie tritt Adelheid
Mit ihren Frauen, bleich, ohne Zähre:
„Des Vaters, nun im Himmelreich,
Gedenkt und versöhnet euch!

Dir Balduin, mag Gott verzeihn,
Dir, Richard „schenk ich heitres Leben!
Mich werd ich heil'gem Dienste weihn,
Im Schleier, fern von eitlem Streben!"
Sie spricht's. Gehorchend ihrem Blick,
Zieht jeder mit der Schaar zurück.

Auf Liebenstein herrscht Oede nur,
Auf Sternfels Prunk bei frohen Tönen,
Wo mancher Fant hin ritt und fuhr
Und huldigte der neuen Schönen:
Sie nimmt es an mit leichtem Sinn,
Wie eine schnöde Buhlerin.

Da höret plötzlich ihr Gemahl,
Daß untreu sie an ihm geworden;
Er eilt voll Wuth mit blankem Stahl,
Sie und den Buhlen zu ermorden:
Vergebens! Beide waren schon
In ein entferntes Land geflohn.

Er klagt dem Bruder seinen Schmerz
Und fleht: Vergib mir alle Fehle!"
Und Richard schließt ihn an das Herz:
„O!" ruft er, „bei des Vaters Seele,

Bei ihr, die fromm, durch sich belohnt,
In trüben Klostermauern wohnt: —·

Uns, welchen Gram die Liebe gab,
Laß ahnlos, o Bruder, bleiben!"
Sie schwörens an des Edlen Grab:
So weit des Lebens Wogen treiben,
Ist jeder nun, im Bund vereint,
Dem andern Hilfe, Trost und Freund.

Seht dort am rebumkränzten Rhein
Im Tagesglanz, im Mondenschimmer
Den Sternfels und den Liebenstein!
Es schauen die bemoosten Trümmer
Herab auf waldbegrüntes Land
Und sind die Brüder nach genannt.

R. Geib.

IV.

„Nur selten geht unrecht erworbnes Gut
Als Erbe fort bis auf das dritte Blut;
Doch aus dem Scherflein wächst ein Schatz heran,
Wenn ihm des Himmels Segen zugethan!"
Das Sprüchwort sagts, das sich als wahres Wort
Bewährte und bewährt noch immerfort.
Viel Schätze häufte Hans von Liebenstein
Auf seiner Doppeltfelsenburg am Rhein;
Doch er ist Herr des großen Mammons nicht,
Der ist der seine, bis das Auge bricht.
Auf seinen Kisten, angefüllt mit Gold,
Sitzt Tag und Nacht er, keinem Menschen hold.
Was Wunder, wenn des Armen er vergißt?
Er gönnt sich kaum den Bissen, den er ißt,
Und alles, was sein Herz erfreuen kann,
Es ist das Wort, zu sein ein reicher Mann.
Der Thor! Nicht lang, da kam der Tod und rief;
Er folgt — er muß, seufzt er auch noch so tief:
Und ach! ein Leichenhemd ist alle Hab,
Die mit hinab er nimmt ins kühle Grab.

Zwei Söhne blühen stolz ihm, aber blind
Ist seine Tochter, sie, sein liebstes Kind,
Das, seit es war geboren auf die Welt,
Noch nie gesehn der Sterne goldnes Zelt,
Und, aller Freuden dieser Erde bar,
Nur eine Dienerin des Himmels war.
Kaum brach sein Aug, und seine Seele floh
Die Schätze, sieh! da gehn, des Erbes froh,
Die Söhne schon ans Theilen, als noch barg
Fast keinen Tag die Erde seinen Sarg.
Mit einem Scheffel maßen sie das Gold,
Woran, der Sünde und des Fluches Sold,
Sich klebte, purpurroth und brennendheiß,
Gar mancher Tropfen Blut und saurer Schweiß.
Die Schwester theilet mit; doch ihr entschlug
Das Meiste der Gebrüder böser Trug.
Es ging der Scheffel nämlich reihenweis
Als Maß herum in der Geschwister Kreis;
Man füllt mit Münzen an ihn bis zum Rand
Und streicht dann ab ihn mit der flachen Hand.
So oft die Reihe nun am Mädchen ist,
Bedienet sich das Brüderpaar der List
Und kehrt den Scheffel um, wo fingertief
Sein Reif kaum um den flachen Boden lief.
Den füllen sie mit Geld bis an den Rand,
Die Blinde tastet drüber mit der Hand
Und läßt das zugemeßne Antheil stracks
Sich schütten in die Oeffnung eines Sacks.
Wie freut sie des Geldes Silberklang,
Wie freuet sies, daß das Messen währt so lang!
Will einem hohen Zwecke sie doch weihn,
Was ihr des Vaters Erbe wird verleihn!
So geht es fort, bis Alles ist vertheilt,
Und, seines Truges heimlich lachend, eilt
Davon das Brüderpaar mit seinem Schatz,
Zu bergen ihn an wohlverwahrtem Platz,
Aus Furcht, es möge kehren der Kaplan,
Den Hildegard nun sah als Vater an,
Und merken den Betrug, den wohlbedacht
Sie, als die Pflicht ihn ferne rief, vollbracht.
Kaum kehrt zurück ihr Seelenvater nun,
Da läßt die Maid ihn eifrig Schritte thun,

Damit das Kloster, wie sie längst geträumt,
Im Thale sich erhebe ungesäumt.
Man baut; es steigt das Kloster stolz empor,
Es blickt die Kirche sanft den Berg empor,
Und Hildegarde zahlt und zahlt, doch sieh!
Das Geld geht aus in ihrem Sacke nie:
Mit ihrem truggeschmälten Erbtheil war
Des Himmels ganzer Segen offenbar.
Die Brüder sehn verblüfft ihr Schaffen an:
Wie konnte aus sie führen diesen Plan?
Nicht können sie das Räthsel klären auf
Und lassen schweigend ihm den freien Lauf.
Doch ihnen selber brachte der Betrug
Kein Glück und kein Gedeihn. Die Habsucht schlug
Aus ihrer Brust die Bruderliebe bald.
Entzweit um Geld und Silber, Feld und Wald,
Fraß eine Mauer, welche habervoll
Vom Liebenstein den Sternberg trennen soll,
Und die mit schweren Kosten sie erbaun,
Weil keiner mehr den Andern wollte schaun,
Das Geld, um das vor kurzer Frist
Die arme Schwester sie geprellt mit List.
Doch nicht genug; für ihres Habers Graus
Reicht diese Scheidewand nicht lange aus;
Sie fehden nun, durch blinden Haß empört,
Auch, bis sie ihre Burgen sich zerstört,
Ja, fehden, bis im Zweikampf sie das Thal
Sah stürzen, einen durch das Andren Stahl,
Und so ihr Gut, der Rachegöttin Spiel,
Aus zweiter Hand in fremde Hände fiel.
Lang blühte noch das Kloster an dem Rhein,
Und fromme Pilger zogen aus und ein,
Wo Hildegard, als Nonne eingeweiht,
Beschloß des Lebens kurze Pilgerzeit,
Und noch bis heute ragt sein alter Bau
Dort an der Kirche. unsrer lieben Frau;
Doch traurig blickt vom wilden Felsgestein
Die Doppelburg als Trümmer auf den Rhein,
Und spricht als stummer Zeuge laut genug:
„So endet alles Unrecht, aller Trug!"

Alois Henninger.

Bornhofen.[40])

I.

Frieblich blickt dort aus den grünen
Bäumen Bornhof, dicht am Rhein;
Ernst stehen drüber die Ruinen
Sterrenberg und Liebenstein.

Seht, die Burgen sind zerfallen,
Die einst dienten schnöd der Zeit;
Doch noch heut stehn Bornhofs Hallen,
Denn sie waren Gott geweiht!

Seht, die Burgen sind nun Trümmer,
Die einst herrisch, hoch geragt;
Bornhofs Kirche blüht noch immer,
Niedrig, fromm, des Herren Magd.

Droben auf den Burgen schallten
Einst Schalmei und Festtrommet,
Dann zugleich aus Bornhofs Hallen
Orgelklang und Lobgebet.

Du Schalmeienklang bist droben
Aus den Burgen längst verstreut;
Doch die Orgelklänge loben
In der Kirch den Herrn noch heut!

Sternberg heißen dich die Leute,
Burg! Wo blieb dein Sternenschein?
Dich gar Liebenstein, du zweite!
Konntest je du lieben, Stein?

Brüder, nennt ihr euch, ihr Schlösser,
Die ihr droben steht getrennt?
O, die Kirche lehrt uns besser
Das, was Bruderschaft man nennt!

Seht, unzähl'ge Pilger kommen
Her zum Gnadenhaus gewallt;
Hilfe reichts den Gläubigfrommen,
Spendet Trost an Jung und Alt.

Manches Herz schon, das geblutet,
Ach! an herbem Schicksalsborn,
Ging geheilt und neu ermuthet
Weg von Bornhofs mildem Born.

O, wer sollt nicht Trost erfahren,
Der ihn durch Maria sucht?
Möge dich der Herr bewahren,
Gnadenhaus in enger Schlucht!

Mögst im Strome du dich spiegeln
Lange noch in heitrer Ruh!
Gleich den Reben auf den Hügeln
Neben dir, erblüh auch du!

C. Doll.

II.

Alles schläft, des Kirchleins Pforte
Ist gesprengt um Mitternacht,
Und am gottgeweihten Orte
Wird auf frechen Raub gedacht.

Schweden sinds; Marias Krone,
Reich an Steinen und an Gold,
Wie verkündet ein Spione,
Bietet ihnen reichen Sold.

Hoch ob dem Altare pranget
Das gerühmte Wunderbild,
Und bei seinem Anblick banget
Selbst den Kriegern, roh und wild.

Denn die Ketten, die umfingen
Brömsern einst in schwerer Haft,
Und die Krücken, die da hingen,
Waren Zeugen seiner Kraft.

Doch sie wagens, und die Leiter
Stehet vor dem Bilde jetzt:
Raubsucht macht sie keck und heiter,
Und die Ehrfurcht weicht zuletzt.

Aber ein gewaltg'er Schwindel
Faßt den Ersten, ders gewagt,
Daß mit ihm, wie eine Spindel,
Um und um des Kirchlein jagt.

Zitternd klimmet er hernieder,
Und der Zweite steigt empor;
Doch auch der kehrt schnelle wieder,
Da die Sinne er verlor.

„Feige Memmen!" schilt der Dritte,
Zankt und flucht mit bittrem Spott.
Stürmt hinan, gewinnt die Mitte
Und verhöhnet Welt und Gott.

Stürmt hinan und reckt die Hände
Gierig nach der Krone schon;
Sieh, da öffnen sich die Wände,
Und das Bildnis schwebt davon.

Seine Sinne werden irre,
Seine Seele fasset Graus,
Und es gehet ein Gewirre
Mit ihm um das ganze Haus.

Da entstürzet er der Leiter
Und zerschellet das Genick;
Bebend fliehen die Begleiter,
Als gebrochen ihm der Blick

Alois Henninger.

Kaiser Heinrich IV. auf der Marxburg.⁴¹⁾

Des Rheines stolze Burgen all
Siehst du, bedrohet vom Verfall,
Als öde Trümmer, heute grauen;
Nur einer hat der Sturm gekehrt
Den Rücken, und noch unversehrt
Kann jetzt sie dort dein Auge schauen.

Die Marxburg ist's; ein Segensspruch
Hält ab von ihrem Bau den Fluch,

Der andre Besten wild zertrümmert,
Und eingedenk so mancher That,
Die frevelnd auf in ihnen trat,
Sich um ihr greises Haupt nicht kümmert.

Auf Klopp, wo in sein Kerkerloch
Nur mühsam durch die Ritze kroch
Ein Schein des milden Sonnenblickes,
Saß Kaiser Heinrich manchen Tag,
Gebeugt vom Schicksal Schlag auf Schlag,
Ein Bild des schwersten Mißgeschickes.

Doch wars ein Strahl von Mitgefühl,
War es die Wolke, wetterschwül,
Die an des Reiches Himmel graute;
Es zog ihn aus dem finstren Loch
Des Himmels Fügung endlich doch,
Die kalt darein so lange schaute.

Und gab des Sohnes Tyrannei
Den Vater auch nicht gänzlich frei,
Der jetzt auf Braubachs Burg ihn brachte;
So schlug doch wonnig schon sein Herz,
Daß, frei dort von der Fesseln Erz,
Ein heitres Zimmer nur ihm lachte.

„Sei mir gegrüßt," so sprach er froh,
„Du holdes Licht, das lang ich floh,
Von düstrer Kerkernacht umfangen!
Sei mir gegrüßt, du schöne Flur,
Und sieht dich auch mein Auge nur,
Durch dieses Fenstergitters Stangen!

Sei ruhig, Herz! Trotz Schmach und Trug
Bist dennoch heut du reich genug,
Da Nacht mein Aug nicht mehr umgittert:
O sei mir tausendmal gegrüßt,
Du Blick, der all das Leid versüßt,
Das mir das Leben noch verbittert!

Wohl mir, daß dich nur sehn ich kann! —
Gefangner Mann ein armer Mann

Schon, weil vom Leben abgeschieden;
Doch wohler fühlt sich selbst ein Wurm,
Als wenn sein Aug ein finstrer Thurm
Umschließt, von Sonnenlicht gemieden!

Wenn er in einer Tiefe starrt,
Wo Feuchtigkeit und Moder harrt,
Das arme Opfer zu verschlingen,
Wo Molch und Natter bar sich beut,
Und sich das reine Lüftchen scheut,
Ein in des Giftes Dunst zu bringen!

Ich selbst empfands im Burgverließ
Auf Klopp, o möcht erfahren dies,
Wer je des Richteramtes pfleget:
O könnt ich schreiben diesen Schmerz
Mit Flammen in der Fürsten Herz,
Wie er ans meine sich geleget!

Doch ach! wir selber wissen nicht,
Wie oft geübet wird die Pflicht,
Die wir den Dienern aufgetragen:
Der Fürst ist oft ein milder Mann,
Der Scherge aber der Tyrann,
Den stumme Wände Gott verklagen!

Denn was sich jener nicht erlaubt,
Weil er an die Vergeltung glaubt,
Das wagt der niedre Söldling häufig:
Ist erst das Mitleid abgethan,
Das anfangs ihn noch wehte an,
Wird ihm die Härte bald geläufig!

Wohl harrt der Menschheit Band und Schwert,
So lang sie selbst sich noch entehrt
Durch Frevelthaten und Verbrechen;
Nur muß die Strafe, wenn die That
Sie selber auch mit Füßen trat,
Der Menschlichkeit doch stets entsprechen!

Wie wohl thut mir dies milde Licht,
Wie labet mich das Lüftchen nicht,

Das hier mein Gitter sanft umflüstert!
Was willst du mehr, beklemmte Brust,
Ist Lust nicht Leben, Licht nicht Lust,
Wenn dich die Kerkerwand umdüstert?

Und ha! ins Freie dieser Blick!
Fast hieß ich glücklich mein Geschick,
Wär Freiheitsraub je so zu nennen.
Wie herrlich diese Flur mir winkt!
Die Wonne, die mein Auge trinkt,
Durchzückt mir zaubervoll die Sennen.

Drum sei mir tausendmal gegrüßt,
Du Burg, die mir das Leid versüßt,
Das mir der Freiheit Raub bereitet!
Gesegnet sollst du allzeit sein,
Solang der rebengrüne Rhein
An deinem Fuß vorübergleitet!

Sanft flüsternd ziehe stets der Sturm
Vorbei an deinem Dach und Thurm,
Damit er später Zeit noch künde,
Wie du mein Loos gemildert hast,
Als schwer gewälzt des Kummers Last
Auf mich des falschen Sohnes Sünde!

Gesegnet sollst du fortbestehn,
Wann alle Burgen untergehn,
Die rings am ganzen Strome ragen,
Um nach der allerfernsten Zeit
Des nachtumgrauten Kerkers Leid,
Das ich auf Klopp ertrug, zu klagen!

Sollst fortbestehen unversehrt,
Damit, wenn je noch hier entehrt
Ein Mensch sich später durch Verbrechen
Nur du als Ort der Strafe dienst,
So freundlich, wie du mir erschienst,
Der Menschlichkeit stets zu entsprechen!

Sollst fortbestehen unverletzt,
Solang noch je die Willkür hetzt

Das gute Recht auf dunkler Fährte,
Daß dem, der schuldlos leidet hier,
Die Seele wappnet das Panier,
Das mir dein mildes Licht gewährte!

Dein Licht! — Ha, wie es mir behagt,
Wie in der Seele mir es tagt,
Und Feuer gießt durch meine Sennen!
Es kehrt zurück mir Kraft und Muth:
Du sollst, o jungerwachte Gluth,
Sollst nicht vergeblich in mir brennen!"

So sprach der Kaiser, und nicht lang,
Da ward er los der Fesseln Zwang,
Sein Leid zu rächen, festentschlossen;
Doch kurze Tage, und es bot
Die Hand des Friedens ihm der Tod,
Von Himmelsfreiheitglanz umflossen.

Allein ob auch die Burgen all
Am Rhein, bedrohet vom Verfall,
Als öde Trümmer heute grauen;
Der Marxburg hat der Sturm gekehrt
Den Rücken und noch unversehrt
Kann jetzt sie dort dein Auge schauen!

Alois Henninger.

Der blinde Schütz von Fürsteneck.

Keck raget Sonneck oben, drin zecht ein Ritterkreis,
Sie trinken singen, toben, sie prahlen, wirr und heiß,
Wer wohl beim Stechen, Schlagen beim Reiten im Turnei
Wer wohl als Schütz beim Jagen der beste Ritter sei?

Da lallt der Burgherr trunken: „Ihr Herrn, ich seh kein Heil
In eurem eitlen Prunken; ich weiß den besten Pfeil.
Auf viele hundert Stunden war er der Jäger Schreck,
Ich hab ihn überwunden, den Schütz von Fürsteneck.

Und bis er einst verendet, rührt er nicht Schwert und Spieß,
Er schmachtet mir geblendet im tiefsten Burgverließ,

11*

Doch waget nur, ihr Stolzen, ich wette hoch und viel,
Der Blinde schießt den Bogen ins aufgesteckte Ziel!"

Da schallt ein wildes Schreien, ein Klatschen Hand in Hand,
Bis zwischen Zwei und Zweien der Preis der Wette stand.
Dann gibt der Herr ein Zeichen, die Diener sehens kaum,
So holen sie den Bleichen aus düstrem Kerkerraum.

Er tritt zum wüsten Kreise, ein wunderbares Bild,
In einfach edler Weise, in Schönheit, jung und mild.
Umstarrt von Kettenringen, beraubt der Augen Schein,
Will ihn der Burgherr zwingen zum Schuß; doch spricht er: „Nein!"

Und jener droht mit Zwange, mit Folter und mit Tod
Und auf des Blinden Wange erglüht ein leises Roth:
„Gott laß es mich erreichen, wohlan! ich wag es schon;
Gebt für den Pfeil das Zeichen, wohin ihrs steckt, den Ton!"

Und sieh! zum Boden klingt ein Becher: „Schieß jetzund!"
Der Burgherr sprichts, da bringt ein Pfeil ihm in den Mund,
Durchbohrt das Hirn inmitten, ein Blutstrom quillt hervor,
Sein Leben ist zerschnitten, er sinkt dahin, der Thor.

Der Kreis der Ritter zittert, und angstvoll starrt ihr Blick,
Denn jeden hat erschüttert das plötzliche Geschick.
Nur Röcheln klinget wieder, der Blinde horchet zu,
Er senkt die Armbrust nieder, nun hat der Wüthrich Ruh!⁴²)

Wolfgang Müller, von Königswinter.

Anmerkungen zum zweiten Theile.

„Krummstab ist Gottesgab,
Lebenshab' und Sorgengrab!"

1) Bibrich besaß eine Kaiserburg bis 992 (Biburc), mit Mosbach zu=
sammen schenkte es K. Otto III. auf Bitten seiner Großmutter Abelhaid,
Wittwe K. Otto's 1. an das Kloster Selz, Straßburger Diözese, wobei auch
Weinberge erwähnt werden. Biebrich ward in der Fehde zwischen Erzb. Adolf
von Nassau und Diether von Isenburg 1461 hart mitgenommen, auch mit
Mosbach, Erbenheim und Schierstein theilweise verbrannt, was Adolf seinen
Brüdern, den Grafen von Nassau, mit 33,880 Rhein. Gulden ersetzte. — Das
Schloß zu Biebrich erbaute 1704—1706 Georg August Samuel von Nassau,
der Begründer von Georgenborn (1694), im sogenannten Renaissancestyl,
woselbst er auch 1721 an den Blattern starb. — Mosheim, geb. 1694 zu
Lübeck, Begründer der neuen protestantischen Kanzelberedsamkeit und Kirchen=
historiker. Starb 1755 zu Göttingen. —

2) Die Frauensteiner Linde erinnert an die alte Dingstätte. Mit dem
Lindauer Gericht hat dieselbe jedoch nichts zu thun, da dasselbe zu Nieder=
walluf gehalten ward. Es war Lehen von Nassau und ging von dem Rhein
die Waldaffa aufwärts bis zur Rechtenbach und in die Schiersteiner Mark
bis zum Rhein, es kam durch Kauf 1203 an die Edlen von Wiesbaden, 1310
an die von Lindau. Frauenstein, Dorf und Veste, gehörte nach Nassau (Herr=
schaft Wiesbaden), kam aber 1319 an Churmainz. —

3) Grorob, richtiger Gravenrode, war Sitz der Ritter von Graenrod
seit dem 13. Jahrh. nach Bobmann war Lotzo von Gravenrode, 1329 vor=
kommend, der älteste des Geschlechts. Das Helmkleinod derselben ist merk=
würdigerweise ein graubärtiger Mann im schwarzen Kleide mit silberner
Roberhaue. 1659 starb das Geschlecht mit Melchior von Gravenrode aus. —

4) Nach Ludwigs IV. Tod (11. Oct. 1347) erwählte die bairische Parthei
gegen Karl IV. von Mähren am 30. Jan. 1349 den Grafen Günther von
Schwarzburg, den Frankfurt aufnahm; Günther ward von Graf Eberhards
Heer, der auf Karls Seite stand, in Eltville eingeschlossen, trat mit Karl in
Unterhandlung und schloß am 26. Mai 1349 zu Eltville Frieden mit dem=
selben, kehrte aber erkrankt nach Frankfurt zurück, wo er im Johanniterhof
(Ecke der Schnur= und Fahrgasse) einkehrte und am 13. Juni 1379 starb.
(cf. Lersner, Frankf. Chronik 1, 741). Seinen Tod schob man wie ja auch
den K. Heinrichs VII. nach damaliger geringer Kenntnis der hitzigen Krank=
heiten auf beigebrachtes Gift. Königshofen nennt Eltville als Ort der Ver=
giftung, nicht Frankfurt. Günthers Grabmal befindet sich im Frankfurter

Dom mit der Inschrift: Falsch Untrewe schande czymt, des stede truwe Schaden nymt, Untruwe nam Gewinne Hort, Untruwe falsch mit Giftes Wort. — Ob Freibank von Heringen, der Leibarzt Günthers, aus Heringen bei Kirberg war, ist unbestimmt. cf. Dibascalia 1856. —

⁵) An diesem Tag überfielen französische Freibeuter, geführt von Kleinholz (vulgo: „Teufel Keilklotz"), 50 an der Zahl, frühe Morgens die Gäste im Schlangenbad, plünderten sie aus und führten, um Lösegeld zu erpressen, die angesehensten derselben gefangen davon. Der Churfürst von Mainz stand damals unter französischem Schutz, da der spanische Erbfolgekrieg (1701—09) zahlreiche Wirren und Brandschatzungen den Rheingegenden brachte. Die Rheingauer, besonders die Rauenthaler, griffen die Räuber an und jagten ihnen den gemachten Raub ab, auch nahmen sie mehrere gefangen. — Diese Begebenheit schrieb Schultheiß Hofmann von Rauenthal und ein Bürger, Namens Peez, der aber den 16. Juli als Tag angiebt, nieder. Der Deutschmeister hieß Franz Ludwig, Fürst von Pfalz=Neuburg. — Major s. v. a-maire, d. i. Bürgermeister. —

⁶) Scharfenstein, wo sich Sifrid II., Gerhard I. und Wernher, Erzb. v. Mainz oft aufhielten, soll von Rudolf von Habsburg wegen der Räubereien seiner friedlichen Bewohner gebrochen worden sein, jedoch ward es im Oct. 1301 von K. Albert I. in dessen Kampf mit den rheinischen Kurfürsten drei Tage lang vergeblich belagert. Die Erbauung von Scharfenstein fällt in die Mitte des 12. Jahrh., in ihr findet sich nichts von Anlage einer Capelle, was schließen läßt, daß die Bewohner nach Kiedrich, wo bereits 1272 ein Pfarrer erscheint, pfarrten. Von dem Geschlechte der von Scharfenstein befinden sich in der Kiedricher Kirche folgende Grabmäler und Epitaphien: Gerhard v. Scharfenstein † 1352, Conrad v. S. † 1432, Heiman v. S. † 1476 und dessen Gattin Demut Schelmin v. Bergen † 1473, Margaretha v S., Gattin Conrads v. Erlen † 1434. — 1312 schenkten die Geschwister Dydo und Elisabeth v. S. Güter an das Kl. Eberbach, das in der Kiedricher Kirche eine eigene Kapelle errichtete. — Die Sage von der Römerschlacht bei Kiedrich ist aus dem römischen Heerlager daselbst zu erklären. Nach Habel hat sogar einer der Rheinübergänge Cäsars bei Eltville stattgefunden. (?) An die Römer erinnert noch der Habenborn, wie sich überhaupt noch solche Benennungen im Rheingau finden, die einen Aufenthalt der Römer enthalten. Zu Winkel die Heidenthalgasse, bei Oestrich das Heidenloch. —

⁷) Ein Eberbacher Mönch liebte eine Nonne des nahen Kloster Gottesthal, entdeckt ward derselbe blutig gegeißelt und in einen unterirdischen Raum gestürzt, wo er, noch mehrere Jahre lebend, seine Wuth an den Kerkerwänden ausgelassen haben soll. — Die Nonne ward eingemauert. — cf. S. C. Braun, Bilder der Natur und des Menschenlebens (1821) S. 13. —

⁸) Bernhard von Clairvaux (Leuchtenthal) geb 1091 zu Fontaines bei Dijon in Burgund aus vornehmer Familie, gründete die Klöster La Ferté, Pontigny, Clairvaux und Marimont, in letzterem ward er Abt. Nach dem Kloster Citeaux führen seine Schüler den Namen Cisterzienser. Bernhard predigte den nachher so unglücklich ausgefallenen zweiten Kreuzzug (1147) eiferte gegen Abälard, der eine güterarme Kirche lehrte, beruhigte bei Beginn des zweiten Kreuzzugs das über die Juden erbitterte Volk. Seine Thätigkeit als Bußprediger erwarb ihm den Namen: doctor mellifluus d. i. honig= fließender Lehrer. Er starb, 62 Jahre alt, 1153. cf. Neander, A., der hl. Bernhardt und sein Zeitalter (1848). — Nach der Sage besuchte der Heilige Eberbach, dessen Bewohner zuerst regulirte Chorherrn, dann Benedictiner (von Bischofsberg her) waren, selbst und nahm die Lage für die künftige Gründung

eines Cisterzienserklosters daselbst in Augenschein. Da soll er am Wege er=
müdet gerastet und im Traum die Jungfrau gesehen haben, worauf er be=
schlossen habe, hier ein Kloster zu erbauen, ein Eber soll ihm den Grundriß
des Klosters mit dem Rüssel vorgezeichnet haben, daher angeblich der Name
Eberbach. Ungefähr 300 Schritte vor dem Kloster befindet sich die „Bern=
harbiruhe" angeblich Rastplatz des Heiligen, welcher Name früher in die Rinde
einer da stehenden Eiche eingeschnitten war, 1701 wurde das jetzige Capellchen
errichtet mit den Versen über der Thüre:

> „Allhier es heißt Bernharbiruh,
> Lieb geb der Ruh die Werck dazu." —

und:

> „Dives Bernhardus fessos hic sarcuit artus,
> Juxta Eberbaci claustra locare volens
> Hunc precibus puris cura celebrare viator,
> Illius ut meritis sit tibi sancta quies." —

1497 kommt die Bernharbiruhe als etwas lange bekanntes urkundlich vor:
„Geyn sant Bernhartsruge heraber obwendig des Walkmolen wegs." Nach
Guden (cod. dipl. Mag. 1, 96) lud Erzb. Adelbert der Stifter Eberbachs
ausdrücklich den Heiligen zur Uebersendung eines Convents nach Eberbach
ein, Bernhards Anwesenheit zu Eberbach dürfte ins Jahr 1131 fallen, wo er
den Ort für Gründung des Klosters sich besah, vielleicht war er auch 1133
daselbst anwesend, um das Gedeihen der jungen klösterlichen Pflanzung zu
sehen. Der Stifter Adelbert I. liegt in der St. Gotthardskapelle in Mainz
begraben. Die erste Stiftung Eberbachs geschah zwischen 1111 und 1120,
die vertriebenen Augustiner ließen sich in dem von Wulfrich von Winkel er=
bauten Kloster Gottesthal bei Mittelheim nieder, ihnen folgten Benediktiner,
dann Cisterzienser. Während die Sage von Bernhards Anwesenheit histo=
rischen Hintergrund hat, ist die von dem Eber gemacht, obgleich das Wappen
Eberbachs einen im Bache watenden Eber trägt, aber jedenfalls jünger als
die Stiftung ist.

9) Das Eberbacher Faß von 74 Zulast ward unter Abt Johann IV.
von Rüdesheim (genannt Edelknecht) † 5 Oct. 1499, erbaut, 1525 von den
Bauern im Bauernkriege geleert, 1543 unter Abt Andreas, (genannt Bopparter,
von Coblenz gewählt 30. Sept. 1541, † 14. Sept. 1553 zu Frankfurt in der
Messe) erneuert, nach Bobmann soll noch ein deutsches Gedicht eines Mönchs
auf dieses Faß existirt haben. Mechtel in seiner Limburger Chronik sagt:
Ein quart Wein 7 auch 8 Heller, aber zu Eberbach bey des Closters grossen
Vas, im Ringkaume da wurden den rebellischen Bauern die Vrthen etwas
beschwerlicher gemacht, da jeder so aus dem Vas zu Eberbach getruncken, 7
Gulden Straffen erlegen muste; daher das Sprichwort noch ist:

> Hoho Her Abbas, drey Finger im Saltzfaß,
> Ruhe sagt mir waß die Vrthe waß,
> Zu Eberbach bey dem großen Weinvaß,
> Sieben Gulden est dir waß,
> Der Teuffel riete und gesegnete mir baß.

Aehnliche Verse gehen von der 1525 von den Bauern zerstörten Kestenburg
bei Edenkoben in der bayr. Rheinpfalz. —

10) Auf dem bei Eberbach belegenen Wachholder, einer Heide, kamen
1525 die Rheingauer Bauern im Bauernkriege zusammen und stellten 29
Artikel als Forderung auf. (Naff. Annal. 12, 67 ff.) Bei Herannahen eines
Heeres ging die Versammlung auseinander, 9 Rädelsführer wurden ent=
hauptet, andre verbannt, bedeutende Contributionen erhoben, die neue Landes=

ordnung schmälerte zudem die Gerechtsame der Rheingauer bedeutend. Nach einer handschriftl. Rheingauer Chronik (exstat apud me) zogen die Bewohner von Johannisberg und Eibingen zuerst aus, weshalb sie später auch am meisten einbüßten an Rechten und Freiheiten, sie verloren ihre eigene Gerichtsbarkeit, Johannisberg kam unter das Gericht Winkel, Eibingen unter das von Rübesheim. — cf. Bobmann, Rheingauische Alterth. 465, 470, 533 ff. — Den Wachholderhof erbaute 1773 der Dechant von Schmitz aus Mainz, um seine dasigen Weinberge besser bauen zu können, er gehört zur Pfarrei Erbach —

11) In der Hattenheimer Kirche befindet sich an der Spitze des Altaraufbaus an der Evangelienseite (links) ein Crucifix, eine Person in Frauenkleidung mit Bart und nur einem Schuh darstellend. Es ist dies die hl. Kümmerniß, auch Wilgefortis genannt, von der das Martirologium erzählt, sie sei eine portugiesische Jungfrau gewesen, die für Glauben und Unschuld gemartert ward (20. Juli Gedächtnißtag), nach anderer Ueberlieferung ward sie von ihrem eigenen Vater gekreuzigt, die Sage aber berichtet, sie sei von einem Freier verfolgt worden, habe Gott um Hülfe gebeten, der ihr den entstellenden Bart wachsen ließ, worauf ihr Verfolger getäuscht sich entfernte. cf. Falk, Heiliges Mainz 222 f. — Cruzifixe mit Bart finden sich auch anderwärts, wenn auch die Beziehung zu dieser Sage nicht nachgewiesen werden kann, so zu Horben auf dem Schwarzwald am Gerstenhalm, wo der Bart des Christusbildes jedesmal nachwachsen soll der Sage nach, so oft er abgeschnitten wird. —

12) Ludwig der Fromme, Karls des Großen Sohn, starb auf der Fahrt von Worms nach Ingelheim nach dem Annalista Saxo: in insula juxta Inglinheim, worunter die Lützelau bei Winkel, nach Andern die Sandau: „der alte Sand" zwischen Erbach und Hattenheim zu verstehen ist. —

13) Rhabanus Maurus, Erzbischof von Mainz, † 855, lateinischer Dichter, lebte vielfach in Winkel, er erbaute den von seinem Vorgänger Otkar begonnenen Ciborienaltar im St. Martinsdom zu Mainz zu Ende, wirkte für Ausbreitung der deutschen Schriftsprache (ein deutsches Glossar bei Goldast. SS. rer. Suev. und Eccard, rer. franc. orig. 2, 950 ff.); bekannt ist seine Wohlthätigkeit gegen das Rheingau, das er bei einer Hungersnoth unterstützte, angeblich auch von Ratten befreite, wie die Erde seines Hauses noch heute bei den Bewohnern des Rheingau's als rattenwidrig gilt. cf. Bobmann, a. u. O. 91. Er liegt in St. Alban bei Mainz begraben. (cf. Joannis SS. rer. Mog. 1, 404). Daß er in seiner Wohnung, dem grauen Hause, eine Hauskapelle besessen habe, ist nicht wahrscheinlich, da solche damals noch nicht üblich waren, auch ist der Raum daselbst für solche allzuenge. Winkel hat römischen Ursprung, war wohl der erste Ort, der im Rheingau durch christlich römische Soldaten das Christenthum erhielt, unter den Franken war es Mittelpunkt der Christen im Rheingau und hatte wohl zuerst eine Kirche oder Kapelle, denn solche mußte sich für Rhabans Aufenthalt jedenfalls vorfinden. Später erhielt Oestrich eine größere Kirche, Erzb. Williges gab dem St. Victorstifte das Patronat nebst Dotation, die Rheingrafen aber hatten die der Kapelle in Winkel. Auch war in Winkel eine Privatkapelle im XII. Jahrh. denn nach Guden, 1, 124 schenkte matrona quedam Bertha nomine co Johanni Bapt. absque omni contradictione curtem in Winkel cum omnibus pertinentiis et capellam in ea sitam. —

14) Bereits 1090 hatte Erzb. Ruthard von Mainz dem St. Albansstifte bei Mainz den Bischofsberg zur Errichtung eines Benediktinerklosters übergeben und hierzu die Abgaben eines am St. Johannistage abzuhaltenden

Jahrmarktes angewiesen. 1106 warb die Propstei errichtet und der Abtei St. Alban unterstellt. Rheingraf Richolf und dessen Gattin begabten das Doppel= kloster reichlich durch Güter zu und bei Klingelmünde (ausgegangener Ort bei Winkel), ihre Kinder Ludwig und Wertrud traten selbst ins Kloster ein. 1130 erhob Erzb. Adalbert I. von Mainz das Kloster zur Abtei. Die zahl= reichen Colonen des Klosters stunden unter des letzteren Gerichtsbarkeit, 1130 entschädigte Erzb. Adalbert I. das St. Albansstift für die Befreiung von dieser Gerichtsbarkeit mit dem Zehntrecht daselbst und einigen Probstei= gütern zu Lorch sowie er das Vogteirecht über die erzbischöfl. Colonen einräumte. Bis zur Errichtung der Abtei gehörten die Colonen noch der Pfarrei Oestrich, vielleicht auch Winkel, später hatte das Kloster das Pfarrecht über dieselben. – Das Nonnenkloster (ehedem ebenfalls bei der St. Johanniskirche) warb später ins Thal als St. Georgsklause versetzt, seit 1130 hieß die Abtei St. Johann. cf. Bodmann a. a. o. 193 ff. — Richolfs Tochter Wertrud lebte zu St. Alban bei Mainz 1130 als Incluse und scheint von da nach Bischofs= berg gekommen zu sein. Das Kloster Johannisberg warb 1563 aufgehoben, kam 1716 durch Kauf an die Abtei Fulda, 1757—59 wurde das jetzige Schloß erbaut, wobei nur die alte Klosterkirche blieb. 1803 warb auch diese von der Abtei Fulda aus verwaltete Besitzung säcularisirt. —

15) Die gleiche Sage geht von Neudorf, wobei es jedoch auch ganz na= türlich zuging. Das Dorf Rode (Rödchen) verließen seine Bewohner um 1350 deßhalb, um im Rheingauer Gebück mehr Schutz zu haben. Ein Theil zog nach Oberwalluf, ein anderer nach Martinsthal, das mit Glimmenthal bei der verfallenen Burg Glimmenthal lag, worauf Martinsthal sich seit 1380 Neudorf nannte und sehr emporkam, wozu noch die sich ebenfalls daselbst niederlassenden Eblen von Glimmenthal beitrugen und wohl auch für den Bau einer Kirche sorgten, die 1429 als Kapelle fertig warb, worauf der Pfarrer von Eltville, mit Zustimmung des St. Peterstifts in Mainz ihnen die Erlaubniß ertheilte einen eigenen Geistlichen anzustellen, jedoch erhielt der= selbe erst 1511 das Taufrecht daselbst. — Eibingen wird bereits 942 als Hibingen (Bodmann 99) erwähnt und war wohl Colonie Rübesheims, warb Mitte des 12. Jahrh. Pfarrei, 1148 warb das dasige Benedictiner=Nonnen= kloster gegründet, das 1165 die hl. Hildegard erneuerte. Das Kloster war Priorat von Rupertsberg; als 1632 letzteres von den Schweden eingeäschert warb, flüchtete der dasige Convent theilweise nach Eibingen und warb 1641 von Churfürst Anselm Casimir dahin versetzt, die Aebtissin nannte sich von Eibingen und Rupertsberg. Diese Thatsache liegt entstellt der Sage zu Grunde. Zu bemerken ist noch, daß der hl. Ulrich auch anderwärts mit dem Gottsei= beiuns in ähnlicher Weise in Beziehung gebracht wird. Zu St. Ulrich auf dem Schwarzwalde soll der Teufel, erzürnt über die Gründung der Mönche, einen schweren Sandstein nach derselben geworfen haben, der aber durch das Gebet der Mönche abgewehrt, nur bis in den Garten und nicht auf das Haus selbst fiel, in der Folge arbeiteten die Mönche angeblich diesen Stein zum schönen Brunnentrog aus. Die Pfarrkirche in Eibingen besitzt die ächten Reli= quien der hl. Hildegard, die letzte Aebtissin: Maria Philippina von Gutten= berg starb 26. März 1804. —

16) Das wunderthätige Bild warb Mitte des 14. Jahrh. gefunden, eine kleine Kapelle daselbst im Walde erbaut, 1390 erweitert durch Johann Brömser, worauf solche der Mainzer Weihb. Hermann einweihte. Johann Richard Brömser von Rübesheim errichtete daselbst ein Kapuzinerkloster, die Wallfahrt gewann stets an Ansehen. 1622 am 28. März warb der Grundstein zum Kapuzinerkloster Nothgottes gelegt, 1632 kommen Franziskaner dahin. Am

23. März 1813 ward das Kloster aufgehoben, das Gnadenbild ward am 8. April 1813 von da in die Rüdesheimer Kirche verbracht, die jetzige Kapelle Rothgottes ließ, freilich unberechtigt, 1700 der Mainzer Official Leyendecker erbauen. —

17) Die Sage berichtet, Ritter Johann Brömser von Rüdesheim habe eine Wallfahrt nach Palästina in jüngeren Jahren gemacht, sei aber dort in türk. Gefangenschaft gerathen nnd daraus mit Gottes Hülfe entkommen. Johann war Vicedom des Rheingaus seit 1391, seine Gattin war Erlindis von der Spor, sein Vater Giselbert von Rüdesheim, seine Mutter Sophie, Schenkin von Rüdesheim. Er erbaute die Kirche zu Bornhofen, 1390 die Kirche zu Rothgottes, sowie die in Rüdesheim doch muß diese Erweiterung der alten Pfarrkirche, die 1301 bei dem Brande Rüdesheims in dem Kriege zwischen den rheinischen Kurfürsten und K. Albert vielleicht stark gelitten hatte, vor 1385 geschehen sein, da ein Grabstein Cunrad Brömsers von Rüdesheim von diesem Jahre sich in der Kirche befindet. Die Brömser befanden sich im Besitze des Patronatrechts der Kirche, 1401 hat dieselbe schon viele Altaristen und Vikare, einen in die Jahre 1370—80 fallenden Umbau beweist schon der Baustil, der romanische und spätere gothische Theile aufweist. Ob Johann aber wirklich in Palästina war und deßhalb der Rüdesheimer Thurm den Halbmond trage, ist unerwiesen, er starb 1416. —

18) Hagen und Volcher, 2 Helden der Niblungenöt, die unter den letzten der Opfer der Rache Chriemhildens fielen; Volcher des Gesanges und der Fiedel kundig, von Alzey stammend, das deßhalb noch heute die Fiedel im Wappen führt. Derselbe soll noch immer den von Hagen von Troney geraubten und in den Rhein versenkten Niblungenhort hüten, den Sifrid, Chriemhildens Gatte und Opfer der Rache Brunhildens den Königen Schilbung und Niblung entrissen hatte. —

19) Zu Rüdesheim soll Karl der Große die ersten Reben angepflanzt haben, geschichtlich ist der dasige Weinbau, wie der des Rheingaus überhaupt von Kaiser Probus um 280 eingeführt und Karl der Große nur dessen Erweiterer, sowie Einführer besserer Rebsorten (Orleans aus Frankreich). Urkundlich kommt schon 864 Weinbau zu Rüdesheim vor (Bodmann 103, 393).

20) Diese ganz unbegründete Sage widerlegte bereits Serarius. Der Mäusethurm ist nicht von Hatto II., dem Rathgeber Otto I. (936—973) erbaut, wie demselben solches gar nicht zukommt, die Sage tauchte erst mit Trithem (15. Jahrh.) auf. Hatto durfte an dieser Stelle gar kein Gebäude aufführen, da der Boden königlich war, das Niederrheingau bis zur Elsbach (Nebengewässer der Pfingstbach bei Oestrich) kam unter Otto I. (wohl dessen Sohn Wilhelm, 954—968, oder Hatto II. († 970) an das Erzstift Mainz, der Theil von der Elsbach bis Caub resp. Wisper, aber erst 983 unter Otto II. In der That ist der Mäusethurm ein Gebäude des XIII. Jahrh. zum Schutze der Schifffahrt und des Zolls, wie auch der Pfalzgrafenstein bei Caub zu solchem Zwecke für die Pfalzgrafen diente. Von seiner Bewaffneten Besatzung hieß er Musthurm d. i. Waffenthurm (noch in Muskete erhalten) wie auch die Musbleche soviel sind als Panzer. Mäusethurm ist demnach nur ein durch spätere Geschlechter unverstandenes und falsch gedeutetes Wort, das von Mauth abzuleiten unstatthaft ist, da sich dieses Wort im rheinischen Sprachgebrauch nicht findet. Die Sage kommt zudem auch anderwärts vor. cf. Bodmann a. a. O. 148 ff. und Schiller Ausgabe des Königshofen Anhang. — Die gleiche Sage geht von der Moosburg am Bodensee (Thurgau). Interessant über den Mäusethurm zu lesen ist das jetzt sehr seltene Buch: Mausthurm, von wunderlicher Natur des Mäuzungeziefers, sampt

histor. Erzählung, wie weyl. drei geistl. Herrn, und neben andern drei welt. Potentaten von Mäussen gefressen worden. — Frankfurt 1618. 8⁰. 139 S. — (exstat apud me). Dasselbe sagt von Serarius, der diese Sage widerlegte, S. 136: „Gewiß ist's, wer zu Bingen vnd im gantzen Rinckaw höret, daß ein Pater sey, der den Meußthurm leugne, vnd nicht leiden möge, der schlecht das Creutz für sich." (!) —

²¹) Hunsrück und Rheingautaunus hingen früher zusammen, der Rhein bildete daselbst ein weites Becken (Rheingauer See), bis sich nach und nach die Felsenwände dem Wasser öffneten, zur Erweiterung des Durchgangs soll ein König Uhlo oder ein gefangener Seeräuber beigetragen haben. Schon 755 wurde der Leichnam des hl Bonifaz zu Schiff den Rhein heraufgebracht. Karl d. Große mag auch das Seine für die Erbreiterung der Wasserstraße gethan haben, mehrere Erzbischöfe von Mainz sowie die alten Rheingrafen folgten nach, letztere im 11. Jahrh. von welcher Zeit an der Handel auf dem Rheine in Blüthe kam und 1104 ward von Kaiser Heinrich IV. die Höhe der Zollabgabe zu Coblenz für die Schiffe bestimmt, 1337 ging ein Eber=bacher Schiff mit 250 Fuder Wein nach Cöln, was auf ansehnliche Tiefe und Breite der Durchfahrt deutet (Bär, Beitr. z. Mainz. Gesch. 2, 151 f.) Auch die Schweden und Franzosen thaten das Ihre, 1830 und 32 die Preußen. Ein 1832 am linken Ufer aus gesprengtem Gestein errichtetes Denkmal er=innert an diese letzte Erbreiterung auf 210 rh. F. cf. Dahl, hist. Panorama b. Rheinstr. 43. —

²²) Diese rheinische Sage von der Bestrafung eines Fürsten der dem Weinbau Hindernisse entgegensetzte und die Weinstöcke vernichten ließ, scheint mit der Erzählung Ovids von der Rache des Bacchus an Pentheus für gleiche Frevel zusammenzuhängen. cf. Ovid, Methamorph. Lib. 3 ed. Elzevir 55—64. —

²³) An diesen Todtenkampf erinnert angeblich noch ein steinernes Kreuz von 1491! mit steinernen Schädeln bei der Lorcher Kirche. — Lorch gehört zu den ältesten Ansieblungen des Rheingaus und verdankt wohl den Römern seinen Ursprung, im 9. und 10. Jahrh. war hier das Christenthum schon in hoher Blüthe, wozu der zahlreiche Abel viel beitrug. Die Lorcher Kirche ist durch ihre verschiedenen Arten des goth. Stils eine der interessantesten des Rheingaus und gehört theilweise dem 13. Jahrh an, seine Hauptzierde ist der Hochaltar, ein Meisterwerk der Holzschneidekunst, 1483 von Meister Georg Syrlein von Ulm vollendet. —

²⁴) Das Geschlecht der Hilgen von Lorch war in Lorch begütert, die Kirche daselbst enthält von ihm folgende Epitaphien seiner Mitglieder: Philipp Hilgen de Lorch, armiger † 17 die Augusti 1367. Philipp Hilgen von Lorch 1517. Philipp † 15. Juli 1581. — 1474 11. März Friedrich Hilgen von Lorch; Johann Hilgen von Lorch (ohne Jahresangabe) 1512 Johann Hilgen von Lorch; 1606 2. Feb. Johann Adam Hilgen von Lorch, als das wichtigste aber das des Freundes und Waffengenossen Franz v. Sickingens; Johann Hilgen von Lorch mit folgender Inschrift:

Hie ligt der Edel und streng her Johann Hilchen von Lorch, Ritter, bei Zeiten seines Lebens Römischer Keyser Majestät und des heiligen Rö=mischen reich in den Zügen gegen den feinbt den Dürcken und den König zu Franckreich in den Jahren vlDXXXXII. III. und IIII Oberster feltmar=schalck gewesen, sonst noch VII Zug helffen bun, seines alters LXIV. Jar uff den XV. Aprilis im Jahr MDXXXVIII zu Lorch in seiner Behausing in Gott Christlich verstorben, des selen Gott gnedig und barmhertzig sein wolle. Amen. — Mit N. Hilgen von Lorch starb im XVIII. Jahrh. das Geschlecht aus. —

²⁵) Den aus dem Wisperthale kommenden, oft bis ins Rheingau ver=
spürten, bei Schiffern und Rebleuten mißliebigen scharfen Nordostwind hält
das Volk für das Wehen böser Geister. — Die Kreuzkapelle liegt eine Viertel=
stunde von Lorch entfernt aufwärts im Wisperthale und ward am 26. Juli
1677 von Weihbischof Adolf Gottfried Volusius eingeweiht, 1738 erweitert und
1826 restaurirt, die Wallfahrten haben aufgehört. —

²⁶) Rheinberg an der Wisper war der Sitz der Rheingrafen, die bis
Ende des 12. Jahrh. (1196) bestanden, aber nicht mit den ältern Rhein=
grafen, zugleich Grafen den Kunigesundra, zu verwechseln sind. Sie trugen
den Blutbann vom Reich, die bürgerliche Gerichtsbarkeit vom Erzstift Mainz
zu Lehen und waren unter den ersten Ministerialen der Mainzer Erzbischöfe.
(cf. Bodmann a. a. O. 153 und 337). Nach der Spanheimer Fehde, worin
Sifrid auf Johanns von Spanheim Seite stand und den Erzb. Wernher
von Mainz aus seiner Veste Rheinberg viel Schaden zufügte aber bei Sprend=
lingen gefangen ward mit seinem Sohne (1279), zerstörte Wernher seine
Veste Rheinberg, Sifrid selbst ward nur unter der Bedingung frei laut Ver=
trag von Aschaffenburg, daß er das Rheingau nie mehr betreten wolle, wo=
rauf er sich auf das Schloß Rheingrafenstein auf dem linken Rheinufer zu=
rückzog und mit Wernher, seinem Sohn, Stifter des St. Peterklosters zu
Kreuznach und seinem Enkel Sifrid sein Geschlecht fortpflanzte. Rheinberg
ward bald wieder, vermuthlich auf Betreiben des Erzb. von Mainz aufge=
baut, K. Albert I. bemächtigte sich 1301 der Burg und behauptete sie 1304
gegen die Geistlichen Churfürsten, sie gehörte seit 1399 dem Pfalzgrafen am
Rhein, noch 1471 bestand die basige Burgkapelle, die Edlen von Rheinberg,
Mainzer Truchsesse, die auch in Mainz einen Hof hatten, erscheinen 1226 und
erloschen 1615. — Später erhielten die Grafen von Sickingen von der Pfalz
die Burg zu Lehen. — Mehrere Lehnbriefe der v. Sickingen hierüber befinden
sich in dem von mir erworbenen Archive der Freiherrn von Sickingen
(1395—1831). —

²⁷) Die bei Bacharach gelegene Insel heißt der Stein, man hielt ihn
für einen Opferstein des Bacchus und wollte Bacharach von Ara Bacchi,
Manubach von manus Bacchi, Diebach von digitus Bacchi ableiten, doch
ohne Grund; nach Vogt ist der Stein ein Druidenstein, die an demselben be=
findlich sein sollende bei kleinem Wasser lesbare Inschrift ist noch ungelesen
und unerklärt. Der Stein selbst heißt in dem oberamtlichen Regalienbuch
Ara Bacchi (Altarstein). —

²⁸) Im Jahre 1504 am 18. Aug. begann Landgraf Wilhelm II. von
Hessen, Stadt und Veste Caub zu belagern, aber obgleich am 4 Sept. die
Stadt durch Brand 20 Häuser verlor und 2401 Schuß während der Be=
lagerung von 5½ Wochen geschehen gegen die Stadt, mußte Wilhelm und
Heinrich von Braunschweig wieder abziehen. Diese Verse stehen auf einer
alten Steintafel am Zollhause. Von der Cauber Belagerung sagt ein altes
Mscpt. Der Lantgrav zog hinab vor Caub, hebt an. dasselbig stettlin
sampt dem Sloss zu beleggern, den 18 Tagk Augusti Anno 1504, und
braucht davor seine Macht, ob er solches möcht gewinnen und be=
khomen; aber der Pfaltzgraff schickt den von Caub vil und wolgeübt
volck zu, dass im also widerstant und gegenwehr getban wart, dass
er nit vil schaffen kunt, doch schoss er gewaltig hinein, sowol ins
stettlin Caub als auch ins Sloss Gudenfels. Die pfältzischen hätten
ein Legger uff der andern Syten, die schossen heruber. Den 4. Tag
Septembers hat einer durch verwahrlosung des vulfers ein fewr in
Caub angezündt, das dadurch elf menner von Creuznach, welche da-

hin in die Besatzung gelegt waren, verdorpen, und verbrannten 20
Hewser, und es lieff idermann uff die Mawern zur gegenwehr der
feindt, damit man diss fewr nit villeicht zum vortheil, das stettlin
einzunemen, mocht dinlich seyn. — Alss nu der Landgrav Wilhelm und Herzog Heinrich von Brun-
schwig 5½ Wochen hatten vor Caub gelegen, und auss irm legger
2401 Schuss in die statt und sloss getan . . . . haben sie gesehen,
dass sie nichtss mogten ussrichten, sein sie den Mitwoch den 25. Sep-
tembris wider abgetzogen mit schand und schaden, und also die von
Caub irer beleggerung befreit worden, welches den besser nit kunt zu
teil werden —

²⁹) Kaub kommt als Cuba schon 983 vor, seine Stabtorbnung ist vom
9. Oct. 1394 b. Mone Zeitschr. f. b. Gesch. b. Oberrheins 17, 378 f. Nach
ber Legenbe kam ber hl. Theonest (eine Capelle stanb zu Ehren besselben zu
Mainz im Gartenselbe, erwähnt 791 jetzt „Dimesser Ort") mit bem hl. Alban
von Namsia nach Mainz, wo Alban enthauptet, (21. Juni 400) St. Theonest
aber vertrieben warb unb am 30. Oct. in Italien starb. Die rheinische Sage
läßt ihn von ben Arianern in eine burchlöcherte Kuse zu Mainz setzen, wo
er zu Caub lanbete unb bringt bas Cauber Gerichtssiegel, bas einen Hei=
ligen in ber Kuse barstellt, bamit in Verbinbung. Von Theonest hat man
auf Dionysius (Bacchus) überleiten wollen unb leitete bas nahe Bacharach
(bas Baucravia unb Wateracus heißt) von Ara Bacchi ab. — Kaub erhielt
1324 von K. Ludwig bem Baier Stabtrechte, bie basige Nicolaikirche kam
1324 an bas Kl. Clarenthal. — 1360 errichteten bie beiben Pfalzgrafen Rupert
einen Burgfrieben baselbst. —

³⁰) In ber Neujahrsnacht 1814 ging bas 1. preuß. Armeecorps unter
Yorf, unb ein russ. Corps unter Langeron bei Caub über ben Rhein. Eine
oberhalb ber Pfalz in ben Felsen bes linken Ufers besestigte Eisentafel, er=
richtet im Nov. 1853 von Ferb. Diepenbrock unb C. Denzin melbet biesen
Uebergang. —

³¹) Richarb von Cornwallis, beutscher König, soll nach seiner Wahl auf
ber Reise nach Frankfurt zu Gutenfels, bas stets Caub, wie bie Stabt, im
Mittelalter heißt unb bessen Erbauer unbekannt ist, übernachtet haben, wo er
bie Tochter bes bamaligen Besitzers ber Burg Philipps I. von Falkenstein,
aus bem Hause Bolanben: Jutta, Guta ober Beatrix kennen lernte unb sich
in zweiter Ehe mit ihr verbanb, worauf bie Hochzeit zu Kaiserslautern statt=
fanb. Historisch war Beatrix eine Tochter Theoberichs von Falkenburg im
Herzogthum Limburg, mithin Nichte bes 1274 gestorbenen Cölner Erzbischofs
Engelbert II. cf. Nass. Ann. 9, 577. Gutenfels, bas nicht von Guta, sonbern
wohl seiner trefflichen Vertheibigung 1504 ben Namen hat, kommt 1257 zum
ersten Mal vor, sie ist wahrscheinlich von ben Grafen von Nürings erbaut,
kam an Münzenberg, 1277 burch bie Falkensteiner an Pfalzgraf Ludwig II.
burch Kauf. Erst seit ihrem Umbau 1508 erscheint ber Name Gutenfels. —
Es ist mithin mit ber Annahme bes Namens Gutenfels seitens ber Burg Caub
burch biesen erfolgreichen Wiberstanb ein ähnliches Verhältniß, wie bei Bingens
Burg Klopp. Die Burg Klopp hieß früher auch Bingen (noch bei Gobfrib
be Ensmingen zu 1301: Rex oppibum Pinguiam expugnavit sed castrum
non obtinuit, sowie bei ber österr. Reimchr. cap. 716) erhielt aber von bem
Wiberstanbe gegen K. Albert I. 1301 biesen Namen. —

³²) Auf ber Insel „Valkenau", bie wahrscheinlich mit inbegriffen war,
als Graf Ulrichs I. von Münzenberg Söhne Philipp unb Werner (1277)
Burg unb Stabt Caub, um 2100 M. Silbers an Pfalzgraf Ludwig II. ver=

kauften, woraus derselbe das Unteramt Caub bildete, (das Caub, Gutenfels, Heppenheft, Weisel, Derscheid, Rheineck, Ehrenthal umfaßte und bis in die neuere Zeit bestand, erbauten die Pfalzgrafen die Burg Pfalzgrafenstein oder Pfalz, wo ein Rheinzoll erhoben ward. Die Pfalzgrafen selbst residirten zu Stahleck, bis Pfalzgraf Otto der Erlauchte (1227—1253) seinen Sitz von da nach Heidelberg verlegte, die Heirath Agnesens, Tochter Pfalzgraf Kunrads mit Heinrich, dem Welfen, kann also nur auf Stahleck erfolgt sein und geschah wohl aus politischen Gründen mit Mitwissen des Vaters und Heinrichs VI. (April '194.) cf. Raumer, Gesch. b Hohenstaufen 3, 31. —

³³) Die Reime sind einem ehedem in der Schönauer Klosterkirche auf dem Einrich befindlichen Gemälde beigeschrieben. Drutwin von Lurenburg soll, von einer Fehde heimkehrend, bei Strüth (Dorf bei Schönau) von einem ihm auflauernden Bauer erschossen worden sein, er aber daselbst das St. Florinstift Schönau gegründet haben. Ein Drutwin von Laurenburg kommt 1102 und 1124 vor, derselbe errichtete die Kirche und Probstei zu Lipporn als Andenken an die Stiftung seines Vorfahren Drutwin, beide erhielt später das 1125 gegründete Kloster Schönau; die Stiftung und wirkliche Errichtung sind also weit von einander zu setzen, da Drutwin Mitte des 10. Jahrh. lebte. cf. Schliephake 1, 95 ff. — 1132 ward die Abtei an das Mainzer Domstift, übergeben von Rupert Graf von Nassau, dem wirklichen Erbauer der Abtei, wobei deren erster Abt Hildelin mit thätig war, das Lipporner Kloster ward nach Schönau verlegt, die Kapelle bei Lipporn aber Pfarrkirche. · Die ersten Bewohner von Schönau waren Mönche von Schaffhausen in Schwaben, 1114 schenkte Erzb. Bruno von Trier diesem Kloster den Zehnten in Meilingen, Reginbold von Romersdorf nahm nach Dubos von Lurenburg Beispiel ebenfalls Benedictiner von Schaffhausen auf und gründete die Abtei Romersdorf bei Neuwied. — Schönau brannte 1723 theilweise ab, 1803 ward es aufgehoben; 1165 starb hier die hl. Elisabeth v. Schönau, berühmte Seherin ihrer Zeit. Eine handschriftl. Chronik Predigerordens sagt von ihr: Ao Mᵒ Cᵒ Lᵒ III. in den selben zitten lepten vil heiliger vn gelerter personen in der cristenheit vn in saxenland öch ein heilige closterfrow vn pphetin Elizabeth von schönow —

³⁴) Der Volksglaube hält das Leben von unverheirathet bleibenden Jungfern und Männern für seine Zwecke verfehlt und läßt sie nicht allein im Leben, sondern auch noch nach dem Tode hierfür bestraft werden. Thatsache ist, daß Hagestolze im Mittelalter nicht gleiche Rechte wie andre Bürger hatten. — Nach Moscherosch müssen die „alten Schachteln" in der Hölle Schwefelhölzer und Zunder feilhalten, in Straßburg die Citadelle einbändeln, in Basel und Frankfurt Thürme segen („Parrthorn bohne") in Nürnberg mit den Bärten der Junggesellen den weißen Thurm segen, in Tirol den naßkalten Boden des Sterzinger Mooses bis zum jüngsten Tage mit den Fingern nach Spannen ausmessen, nach ihrem Tode werden sie in Vögel, besonders Kibitze, verwandelt, im Lechrain heißt „Kibitzen hüten" als alte Jungfer sterben. Im Frickthal werden die alten Schachteln am Schluß der Fastnacht auf einen Wagen geladen und bann an einem Graben umgeworfen, nach dem südtiroler Glauben wandern ihre Seelen ins Sterzingermoos. Die Hagestolzen müssen Steinböcke einsalzen, Felsen abreiben, den Ameisen einen Drahtring durch die Nase legen wie den Schweinen und hier werden die alten Schachteln in Felsen verwandelt, wie auch vielleicht das Haus „zur Schachtel" in M.... von der Spröbigkeit seiner Bewohner seinen Namen trägt. —

³⁵) Philipp, der Aeltere, von Kazzenellenbogen war mit Anna, Tochter

Ludwigs von Würtemberg, vermählt, die ihm durch Hochmuth und Lieblosig-
keit das Leben verbitterte, bis er sich von ihr scheiden ließ, worauf sie bald
starb. Philipp, der Sohn aus dieser Ehe starb 1454 zu Brügge in Flandern,
die Tochter Anna heirathete Heinrich IV. Landgraf zu Hessen, Philipp selbst
vermählte sich wieder, doch sollen die auf die Erbschaft eifersüchtigen Ver-
wandten die Gattin des Grafen aus dem Wege zu schaffen gesucht haben,
daher Johanns von Bornich Vergiftung, die Ehe blieb kinderlos, worauf die
Grafschaft an Hessen und Nassau kam. Des Grafen Fahrt ins hl. Land
schrieb ein gewisser Wanschaft, der dieselbe aus des Grafen Mund in Ems
hörte in Versen nieder (cf. Engelmann, erneuerte Merian). — cf. Köhlhoff,
Cölner Chronik (1499). —

36) Lore Ley, angeblich aus Bacharach, hatte die Gabe durch Liebe jeden
zu bezaubern, der sie ansah; sie ward deßhalb vor dem Bischof verklagt, der
ebenfalls ihre bezaubernde Kraft empfand. Sie bat, man möge sie in ein
Kloster bringen, nur Einen könne sie lieben und der verschmähe sie. Als
zwischen Goar und Wesel die Jungfrau ihren Geliebten erblickte, stürzte sie
sich in den Strom, von Liebe entzündet folgten ihr die 3 Ritter, die sie ins
Kloster bringen sollten, daher der Name: Dreiritterstein. Die Sage wird von
Stramberg für von Brentano erfunden erklärt und fehlt auch bei Grimm.
Die Lorlei erscheint als Zauberin, Undine, Fischerin, nur ihr Echo blieb zu-
rück. Den Felsen Lurleifelsen zu nennen ist Wortschwall, da ley am ganzen
Rhein schon Felsen heißt. —

37) Reichenberg, eine der merkwürdigsten Ruinen am Rhein, in orien-
talischem Style erbaut durch Graf Wilhelm von Katzenelnbogen 1319—1324.
K. Ludwig erlaubte daselbst 1324 eine Stadt zu erbauen, die Burg ward
Amtssitz, sie ward im 30jährigen Kriege eingeäschert, aber wiederhergestellt
und stand bis 1818, worauf sie als Ruine verkauft ward. Ihre Bauart am
Thurm erregte diese Sage. —

38) Die Veste Neukazzenellenbogen oder „die Katze" ward 1393 von Graf
Johann von Kazzenellenbogen, der beide Linien dieses Hauses, die alte und
neue, wieder vereinigte, zum Gegensatz vom Schlosse Altkazzenellenbogen im
Lahnthal erbaut, sie hieß zum Gegensatz gegen das von Erzb. Boemund I.
von Trier begonnen, und von dessen Nachfolger Kuno von Falkenstein be-
endete Thurnberg, das die Maus hieß, die Katze. — Noch im vorigen Jahrhundert hatte die Katze Besatzung, ward aber 1806 von den Franzosen gesprengt. —

39) Sterrenberg und Liebenstein gehörten 1190 den Herrn von Bo-
landen, Werner der Stammvater hatte 2 Söhne Werner II. und Philipp I.
(vor 1156 und 1171 vorkommend), die wohl diese Brüder waren. Auch scheint
der Sage die Thatsache entstellt zu Grunde zu liegen, daß Jutta, Tochter
Gerhards, des letzten Grafen von Nürings († um 1171) an Werner II. von
Bolanden vermählt war und diese Burgen als Theile ihrer Nüring'schen
Erbschaft diesem zubrachte. 1294 und 1298 verpfändete Spanheim die halbe
Burg Liebenstein an die Schenke von Sterrenberg, die namentlich im 14. Jahrh.
auftraten. Beide Burgen hießen ehedem Sterrenberg, es scheint also doch ein
historischer Vorfall der Abtrennung und Aenderung des Namens vorzuliegen.
1323 wird im Burgfrieden von Sterrenberg eine Stadt suburbium sive
civitas erwähnt, 1423 starben die Schenken von Liebenstein (Lewenstein) aus.
Die beide Burgen theilende Mauer heißt die Streitmauer. cf. Dahl, hist.
statist. Panorama 118 ff. — Vielfach wird die Sage für Machwerk erklärt.

40) Eine Kapelle mit dem wunderthätigen Bilde kommt zu Bornhoven
schon 1289 vor. Die schöne Kirche ward 1435 von Johann Brömser von

Rüdesheim erbaut, 1679 und 1684 durch ein Kloster die Stiftung erweitert, das Erzbischof Hugo von Trier für die Franziskaner erbaute, es bestand bis 1813. Schon 1224 kommt hier ein Priester vor, das Dorf war wohl ursprünglich Sitz der von 1140—1250 vorkommenden Familie von Bornhofen. —

⁴¹) Heinrich IV. (1056—1106) war nicht allein mit Gregor VII. sondern auch mit seinen beiden Söhnen Kunrad († 1101) und Heinrich (V.), seinem Nachfolger, im Streit, letzterer nahm ihn am 23. Dez. 1105 zu Beckelnheim bei Kreuznach (Annal. Hildesh. und Vita Henrici) gefangen, worauf Heinrich IV. am 31 Dez. zu Ingelheim der Regierung entsagte. Von seiner Haft auf Marxburg ist nichts bekannt. cf. Giesebrecht, Gesch. d. deutsch. Kaiserzeit. III. — Stenzel, Gesch. d. fränk. Kaiser. Die Marxburg selbst ist als castrum Brubach 1231 erwähnt, eine 1437 von Graf Philipp von Kazzenellenbogen daselbst begründete Capelle ab St. Marcum gab ihr diesen Namen.

⁴³) Bei Lorch auf der rechten Seite der Wisper lag das von Cuno v. Falkenstein 1348 erbaute Schloß Fürsteneck, 1354 erhielt sie Cuno als Mainzer Stiftsverweser von Erzb. Gerlach (v. Nassau) pfandweise, als Besitz, was jedoch schon 1356 aufgelöst ward. Fürsteneck war lange Sitz vieler edlen rhein. Geschlechter: v. Glymmenthal, Breitenbach, v. Stein, Stumpfe von Walbeck, Fogel v. Lorch, scheint aber schon vor 1450 zerstört worden zu sein, der hier gegebene Vorfall ist historisch unbekannt. —

Druck von R. Schwab in Wiesbaden.